Sonya
ソーニャ文庫

聖王猊下の箱入り花嫁

イチニ

JN132302

イースト・プレス

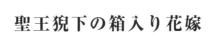

contents

序章

ゴーという音に混じり、時折パチパチと何かが弾けるような音がしていた。

ゆらゆらと揺れる血の色より明るい朱色。

「ごめんなさい……ゆるして……」

ゆるして。いったい何を「ゆるして」と言うのか。

なんの罪があり、このような目に遭っているのか、わかりもしないというのに。

「やめて……いや……やめてっ――ッ」

懇願する声が、悲鳴に変わる。

熱い、熱い、熱い。痛い。苦しい。

泣き叫び、身を捩《よじ》った。

真っ赤になる視界の中で、銀色の髪が見える。
見開かれた空色の双眸《そうぼう》から涙が溢れ、頬へと伝い落ちた。
あの人の瞳に苦悶に歪んだ自分の姿は、いったいどう映っているのだろう。
——泣かないで……。
祈るようにそう願った。願うことしか、できなかった。

第一章　婚姻

侍女に父の訪れを告げられたルイーゼは、姿見に自身の姿を映す。長い黒髪やドレスが整っているのを確認してから、父――皇帝を出迎えた。

「変わりはないか」

恭しく頭を下げたルイーゼに皇帝が声をかける。

「はい、陛下。変わりはございません」

ルイーゼがゆっくりと顔を上げ答えると、皇帝は小さく頷き僅《わず》かに笑みを浮かべた。

今年で五十歳になる皇帝は、白髪が目立つようになってきたものの面立ちは凛々しい。引き締まった体つきで姿勢もよく、実年齢より十歳ほど若く見える。

みなから傅《かしず》かれる君主である父は常に政務で忙しく、親子といえども近寄りがたい存在であった。そんな父とささやかながら親子の関わりを持ち始めたのは三年ほど前、ルイーゼが十五歳の頃であった。

三人の姉たちはみな国内の高位貴族に降嫁していて、皇太子である兄も妃を迎え入れ、夫婦揃って外交を任され国外を飛び回るようになった。そんな折、皇后であった母が亡くなり、父は寂しかったのだろう。夕食をともにとるよう言われた。

父は食事をしながら、その日にあったことや国内の情勢や天気の話など、ぽつりぽつりとルイーゼに話す。特に会話が弾むわけではなかったが、ルイーゼにとって父との時間は楽しく有意義であった。

「何かございましたか？」

いつもなら政務の時間だ。

急ぎの用があるのならば、ルイーゼを呼び出せばよい。

わざわざ皇帝自ら娘の自室に訪ねてくるとは、何かよほどの理由があるに違いない。ルイーゼは気を引き締めて訊《たず》ねた。

皇帝はルイーゼの問いには答えず、テーブルに置かれたスサネ教の教典に目を向けた。

創造主スサネを唯一神とするスサネ教を、フィルア帝国の民は信仰している。皇帝である父もルイーゼもスサネ教の敬虔《けいけん》な信徒の一人である。

スサネ教の歴史は古く、フィルア帝国の建国以前からあった信仰であるという。

かつてはある小国でのみ信仰されていたのだが、聖人の出現をきっかけに大陸全土に広まり、大きな信仰を集める宗教に成長した。

「そなたも……聖王猊下《げいか》の熱心な信徒であったな」

聖人の再来と謳《うた》われる聖職者ライナルトが、教会の最高位〝聖王〟の座についたのは六年前のこと。白銀の髪と空色の瞳を持つ美貌に心惹かれ信奉者となる人々もいるが、多くの信徒はライナルトの清廉潔白な人柄にこそ惹かれ篤く慕っている。

ルイーゼもその一人である。ルイーゼは彼ほど己を律し、民に尽くす聖職者を見たことがない。

「尊敬いたしております。……わたくしが猊下の助命嘆願書《たんがんしょ》に署名したことが、もしや問題になりましたでしょうか？」

叱責を受ける覚悟はしていた。それでも署名をしたのは、政治的思惑により撤回させられることになったとしても、皇女が賛同していた事実が残ればなんらかの力になる、そう思ったからだ。

大陸の中央に位置する国、フィルア帝国。

いくつもの小国に分かれていた大陸は、国同士の小競り合いが続き混迷し荒れていた。

ルイーゼの祖先が小国をまとめあげフィルア帝国とし、皇帝となったのが国の始まりである。

大国となったフィルア帝国は急速な発展を遂げる。その背景には豊富な地下資源と技術力、そしてスサネ教があった。

スサネ教は小国の宗教だったが、奇跡の力〝聖力〟を持つ聖人は困窮する人々を救い、フィルア帝国皇帝に英知を授けたという。

フィルア帝国はスサネ教を国教とし聖人が生誕した地タラを聖都と定め、聖都タラの自治権を教会に与えた。それをきっかけに、スサネ教は大陸全土に広がる一大宗教となったのである。

フィルア帝国とスサネ教は良好な関係を築き、長く均衡を保ってきた。

その均衡が崩れ出したのは五十年ほど前。スサネ教の聖職者たちが自治権のある聖都だけでなく、フィルア帝国の政治そのものに介入しようとし始めたのだ。

そして六年前に聖人の再来と謳われるライナルトを聖王として掲げたことで、民から圧倒的な信仰を集めた教会はその勢いを増していく。

フィルア帝国ももはや静観しているわけにはいかず、枢機卿《すうききょう》や聖職者の不正情報を入手した矢先、皇帝暗殺事件が起きてしまった。

暗殺は未遂に終わり、暗殺事件の首謀者として枢機卿が捕縛されたのは一ヶ月前。

枢機卿だけでなく、事件の関係者と思われる聖職者たちが次々と裁判にかけられ、処罰された。

暗殺を企てただけでなく、国の援助金や民からの寄付金の横領が明らかになったからだ。

教会の腐敗はスサネ教の信徒に衝撃を与えたが、かねてから枢機卿一派が信徒たちに横柄な態度で接していたこともあり、彼らへの処罰は民から理解を得た。

だがひとつだけ、フィルア帝国皇帝の頭を悩ませていることがある。

聖王ライナルトの処遇について、だ。

枢機卿は皇帝暗殺ののち、聖王を大陸全土の真の王として祭り上げる計画を立てていた。

首謀者である枢機卿からも「聖王の関与はない」との証言を得ていたが、たとえ聖王ライナルト自身が皇帝暗殺計画や横領に関与していなくても、教会の最高位にある彼の責任は重い。

フィルア帝国の大臣や高位貴族たちから、教会の力を削ぐためにも枢機卿たちと同じく、最高刑に処するべきだという声も多く上がっている。

けれども、奉仕活動にも熱心で身を削るようにして尽くしてきた聖王ライナルトに寄せる民の信仰は篤い。それを無視することは、皇帝といえども難しい。

「聖王猊下は枢機卿に利用されていただけ」という民の声は次第に大きくなり、聖王の助命嘆願書への署名は日を追うごとに増えていった。その話を侍女から聞いたルイーゼも迷うことなく署名をした。皇女として政治的な影響力はほとんど持っていないが、それでも何かをせずにはいられなかったのだ。

「フィルア帝国の民、そしてスサネ教の信徒としての願いです。どうか聖王猊下に温情を……」

ルイーゼは頭を下げ、両方の掌を合わせて胸の前に出し膝を軽く曲げる。スサネ教の礼拝の姿勢をとった。聖王の潔白を信じる一人の信徒として、命だけは助けたい。

「……聖王猊下には還俗《げんぞく》をしていただくことになった」

しばしの沈黙後、皇帝は淡々とした声で告げた。

ルイーゼは処刑という最悪の事態を免《まぬか》れ、ほっと胸を撫《な》で下ろす。

(けれど……還俗だけで、処罰を求める高位貴族たちを押さえ込めるのだろうか)

聖王としての地位を奪い、還俗することで聖職者ではなくなった彼を徒人《ただびと》の罪人として、生涯牢《ろう》に幽閉するのだとしたら、死とそう変わりがない気もした。

「還俗後、猊下には婚姻を結んでもらう」

「……婚姻、ですか」

確かに聖王の還俗を周知するには、婚姻はわかりやすい方法である。スサネ教の聖職者は純潔が重んじられ、原則的に婚姻は許されていないからだ。

聖王ライナルトは清廉な心根だけでなく、見目麗しい容姿ゆえに、人々を惹《ひ》きつけてやまない。

淑女《しゅくじょ》の中にはスサネ神を信仰するのではなく、ライナルト自身に心を捧げる信奉者もいる。

（婚姻相手は……みなから、それはもう激しく恨まれてしまうでしょうね……）

聖職者だから誰とも結婚をしない。誰のものにもならないからこそ、安心して憧れることができるのだ――そう話していた侍女たちを、思い出す。

聖王の信奉者であるルイーゼすら、彼が婚姻させられると聞いて動揺してしまったくらいだ。彼に淡い恋心を抱き憧れる者たちは、婚姻相手を羨《うらや》むに違いない。

ルイーゼは穏やかな笑みを浮かべながらも、どこか寂しげな瞳をしている聖王の姿を思い浮かべた。

還俗したライナルトの未来は、決して平穏なものではないだろう。

せめて婚姻相手となる女性は、彼の心を癒《い》やせるような、明るく優しい善《よ》き方であってほしいと心から思う。

「どなたと婚姻されるのか、もう決まっておられるのでしょうか」

「……ルイーゼ、そなたにしようと思っている」

「わたくし……ですか？」

「還俗した猊下が皇女と婚姻を結べば、民も得心し落ち着くだろう。何より、処罰を求める貴族たちを黙らせられる」

ルイーゼは適齢期であるにも拘らず、今現在婚約者はいない。

一年ほど前、他国へ輿入《こしい》れする話が進められていたのだが、外交上の問題が発生し立ち消えになってしまったからだ。

姉たちは既婚者である。皇族の中で適齢期の女性と言えるのは、ルイーゼの他に十歳の従姉妹だけ。ライナルトがいかに見目麗しい男性であっても、政治的な背景を抱えている彼との婚姻は幼い少女には荷が重いだろう。

「……嫌か？」

「いえ。お受けいたします」

おそらく、父には民から熱い支持を受けるライナルトを皇族に取り込みたいという思惑もあるに違いない。

ルイーゼは皇女だ。皇帝である父のため、国のためになる婚姻をするのは義務だ。

己の意思で婚姻相手を決められるとは思っていないし、自分が頷くことですべてが丸く収まるならば断る理由などなかった。

（きっと多くの女性から嫉妬されるだろうけれど……いえ、それよりも……）

自分にライナルトの心を癒やすことができるだろうか。

即座に了承したものの、不安も感じていた。

◇
◆
◇

鬱蒼《うっそう》とした庭に、白い蝶がひらひらと舞っている。

嵌《は》め殺しの窓の傍《そば》に立ち、ライナルトは長い間、その様子を眺めていた。

蝶は好きでも嫌いでもなかったし、特に目を奪われたわけでも心惹かれたわけでもなかった。ただ、ひらひらと舞っていたから目で追っていただけである。

蝶はふらふらと風に揺れるように彷徨《さまよ》いながら、窓から見えない場所に行ってしまった。

ライナルトは窓の外を眺めるのはやめて、近くにあった椅子に座る。そして、ひとつ息を吐《つ》いた。

「還俗し、皇族の血を引く姫と婚姻を結んでいただく」

昨夜、皇帝にそう告げられた。

ライナルトは本来なら、冷たい石床の牢獄に閉じ込められていてもおかしくない立場である。枢機卿の企みに加担していようといまいと、聖王である自分には責任を負う義務があるからだ。処刑も受け入れるつもりでいた。

しかし監視付きではあるものの皇宮の一室に留置された。その待遇からライナルトの思いとは違う、何か政治的な思惑に使われる可能性が高いと危惧していたが――。

（まさか婚姻を命じられるとは……）

断れるものならば断りたかった。

しかし「還俗と婚姻に応じるのであれば、あなたが助命嘆願しているヴェルマー司祭を明日にでも解放いたしましょう」と付け加えられてしまえば首肯《しゅこう》するしかない。

一ヶ月前に起きた皇帝暗殺未遂事件。

首謀者である枢機卿をはじめ、多くの聖職者が捕らえられたのだが……どこでどう手違いがあったのかはわからないが、ライナルトが敬愛するヴェルマー司祭まで枢機卿一派として捕らえられてしまったのだ。

ヴェルマーは温厚な人柄で、博識で勤勉。枢機卿のやり方に苦言を呈《てい》していた誠実な聖職者である。

幼いライナルトが教会に引き取られてから、指導係として世話をしてくれたという個人的な恩もあるが、これからの教会にとっても必要な人物だ。

ライナルトは自身に関して一切釈明しなかったが、ヴェルマーだけは調べ直しをしてほしいと訴えていた。

還俗と婚姻が、ヴェルマー解放の条件ならばライナルトは受けるしかない。

「私を生かしておいて、よろしいのですか？　処刑を望む声もあるでしょうに」

「処刑を望む声以上に、助命嘆願する声が多くある。それに私はあなたが無罪だと知っている。罪なきあなたを処すれば……私こそが神の罰を受けるでしょう」

意味深長に微笑《ほほえ》む皇帝から、ライナルトは目を逸らした。

ライナルトは十歳のときに〝聖人の再来〟として、スサネ教会に引き取られた。司祭たちを師とし、教会と信徒のために聖職者としての活動と奉仕に勤しんできた。

そして六年前、二十二歳という若さで半ば強引に、教会の最高位聖王に祭り上げられた。

かつてライナルトはスサネ教の戒律《かいりつ》を破ったことがある。

それを理由に咎人《とがにん》である自分には聖王の座は相応しくないと断ったが、「だからこそ贖《あがな》うために身を捧げるべきでしょう」と諭されてしまった。

聖王となったライナルトは己の罪を自覚したうえで、与えられた役割を受け入れ、懸命に力を尽くした。

聖王として振る舞うのも、奉仕活動に尽力するのも、すべては罪を贖うため。ライナルトは信徒が信頼を寄せてくれるような、清廉潔白な聖人ではない。ただただ、自分が救われたい一心だった。

己の罪の贖いに腐心《ふしん》していたライナルトは、自身が枢機卿たちに利用され、彼らの行いを増長させていることに気づけなかった。

ライナルトが己の過ちに気づいたのはごく最近だ。

聖王であるライナルトを傀儡《かいらい》にして、聖都タラだけでなくフィルア帝国を支配する――無謀な計画を、枢機卿たちが秘密裡《ひみつり》に進めているのを偶然知ったのだ。

馬鹿馬鹿しい企みで国を荒れさせてはならない。

ライナルトはすぐに行動を起こし、密かに枢機卿たちの横領の証拠を集め、暗殺計画の情報とともに皇帝へ渡した。

暗殺計画は失敗に終わり、枢機卿一派は捕まり裁きを受けることになったのだ。

誤算は恩人であるヴェルマーまでもが捕まってしまったこと。

そして自分の処遇である。

ライナルトは結果として皇帝暗殺を阻止した功労者となったが、それを理由に減刑を望む気持ちは一切なかった。

枢機卿一派の暴走は、ライナルトが彼らを諫《いさ》められなかったのが原因だ。裁かれて当然だと考えていた。だというのに、民は愚かなライナルトの助命を望んだ。

ライナルトが暗殺計画に加担していないと知っていながらも、皇帝が助命の声にすぐに応じなかったのは、おそらく〝聖王〟の扱いに迷っていたからだ。

フィルア帝国は皇帝が聖都タラの自治権を聖王に与えるというかたちで、政治と宗教、二つの力の均衡を、長きに渡って保ってきた。

均衡が崩れ去った今、聖人の再来と謳われるライナルトの扱いを間違えれば、国が荒れる元となってしまう。

皇帝がライナルトに還俗と皇族の姫との婚姻を命じたのは、信仰の象徴でもある聖人を生かすことで民意を得て、皇家に取り込むことで教会の勢力を削ぎ、関係者すべての処刑を望む高位貴族を黙らせる思惑があるのだろう。

(あとはそう……神の罰を怖れている……いや、聖人の聖力を怖れているの、か)

聖人には特別な力〝聖力〟があると伝えられていた。もしかすると、皇帝は枢機卿たちからライナルトの力について聞いている可能性もある。

(……今度は皇帝に利用されるのか……)

これからのことを考えると気が重い。

何より自分のような咎人と婚姻する、皇族の血を引く高貴な姫が哀れでならない。

物思いに耽《ふけ》っているとノックの音が響き、皇宮の侍女が婚約者の来訪を告げた。


「猊下。お久しぶりでございます」

長く艶やかな黒髪に、黒い瞳。品よく整った顔立ちをした小柄で華奢《きゃしゃ》な淑女が、侍女に先導されライナルトの待つ部屋に入ってくる。

ライナルトを見るなり、両方の掌《てのひら》を胸の前に出して膝を軽く曲げ、スサネ教の礼の姿勢をとった。

「皇女殿下……?」

第四皇女ルイーゼ・フィルア。

今年で十八歳になる皇女だ。才媛《さいえん》と名高かった皇后の面影を兄姉の中でももっとも強く残しているため、皇帝の掌中《しょうちゅう》の珠《たま》だと言われている。

ライナルトがルイーゼのことを認識したのは、聖王になる前、皇女がまだ幼かった頃だ。

聖堂で聖職者の説教を落ち着いて聞くことができない騒がしい子どもが多い中、静かに

ライナルトの説教に耳を傾け、真面目で真摯《しんし》な祈りを捧げるルイーゼの姿を記憶していた。

そのルイーゼがなぜここに？　という困惑をライナルトは隠せなかった。

「猊下。もしや、わたくしが婚姻相手だと、ご存じなかったのでしょうか」

訝《いぶか》しむライナルトに気づいたのだろう。ルイーゼは大きな黒い目を瞬《また》かせた。

「皇族の血を引く姫と聞いておりましたが、皇女殿下だとは思いもしませんでした……」

婚姻相手は皇族の中でも、かなり血の薄い遠縁の姫だろうと考えていた。

皇帝が自分の愛娘《まなむすめ》を、ライナルトのような咎人に嫁《とつ》がせようとするなどとは思いもしなかった。

「皇族に連なる姫の中で、未婚で、今現在婚約者のいない、適齢期の姫はわたくしだけだったのです」

淡々と口にするルイーゼの姿に、ライナルトは胸を痛めた。

「ふつつか者ですが、猊下の妻として努力いたしますので、どうぞよろしくお願いいいたします」

ルイーゼはそう言い、ライナルトに頭を下げる。

悲壮感などまるでないルイーゼの姿に、ライナルトは得心する。

成長しても幼い頃と変わらず信仰心が篤く、礼拝する姿を何度も見かけた。貴族の淑女が嫌がる草むしりなどの清掃作業にも進んで参加していた。奉仕活動にも熱心で、スサネ教の運営する孤児院を訪れる姿は献身的だった。

――政治的判断による婚姻なのだ。

実娘《じつじょう》であろうとも、皇帝の命令には逆らえない。

いや、皇女だからこそ、皇族としての責務から逃げることなく、国と民のためにこの婚姻を受け入れたのではないだろうか。

そんな女性を咎人の妻にするわけにはいかない。

ライナルトはひとつ決意をした。

「ルイーゼ殿下と二人きりでお話ししたいのですが」

ライナルトはルイーゼの背後に控える侍女に声をかける。

侍女は困惑の表情を浮かべた。

未婚の男女が二人きりになるなど、非常識な申し出だからだ。ライナルトもそれは承知しているが、早くルイーゼに自分の決意を伝えたかった。

そうすることで、少しでもルイーゼの婚姻に対する責任や重荷を減らし、心やすらかになってもらいたい。

責任も重荷も、すべてはライナルトだけが負うべきものなのだ。

「下がってください」

ライナルトが何か重要な話をしたいらしいと察したルイーゼは振り返り、侍女に命じた。

しかし、侍女は躊躇《ためら》うように視線を揺らす。

「ですが……」

「皇帝陛下の名の下、婚約はすでに結ばれました。婚約関係にあるならば、未婚の男女が二人きりになろうとも問題はないはずです。それでも心配ならば、扉は開けたままで……開けたままでもかまいませんか？　猊下」

「ええ」

ライナルトは頷く。

扉が開け放たれていたとしても、小声ならば内容は聞こえないだろう。

皇帝の名を出された侍女は、渋々といったふうに部屋を出て行った。

侍女が部屋を出たのを確認してから、ルイーゼは向き直り、ライナルトを見上げた。

「お話とはなんでしょう」

ライナルトが足を大きく踏み出し、ルイーゼに近づくと黒い双眸に戸惑いが浮かぶ。

この婚姻はあくまで政略結婚だ。婚姻したという事実さえあればよいのだ。

ライナルトは自分が長く生きられるとは考えていない。

スサネ教においては聖王という名の傀儡、そしてこれからは政治の駒でしかないのだ。不要となれば切って捨てられる存在でしかない。

ルイーゼは年若い。自分に何かあれば、再婚も可能だ。

いずれ来るであろうそのときに向けて、ライナルトはルイーゼのために自分ができることを提案した。

「ルイーゼ殿下。この婚姻は……白い結婚にいたしましょう」

――白い結婚。

ライナルトの言葉にルイーゼは小首を傾げた。

婚姻はするが、実際に夫婦の関係は築かない。偽装結婚を白い結婚と呼ぶのだとルイーゼは耳にしたことがあった。

「猊下は……想うお方がおられるのでしょうか？」

白い結婚を望むからには理由があるはずだ。

もしライナルトに誰か恋い慕う相手がいるのなら……ルイーゼと婚姻せねばならない現状は彼にとっても、彼に想われている相手にとっても不幸だ。

しかし想い合う恋人たちを引き裂くのは心苦しいが、この婚姻には様々な事情が絡み合っている。ライナルトの命を救うためにも、いまさら取りやめることはできない。

「いいえ。そのような方はいません」

ライナルトの返答に、ルイーゼはほっとする。

けれど、ならばなぜ白い結婚を望むのだろう。

もしやルイーゼのことが嫌いなのだろうか――。

ライナルトに自分がどう映るかルイーゼは客観的に考えてみた。

ルイーゼはフィルア帝国で一般的な黒髪黒目だ。それなりに整った容貌をしているが、目を惹くほどの美女ではない。

一方、ライナルトは、誰もがみな褒め称えるであろう美貌の持ち主。

腰まである艶やかな白銀の髪。切れ長の二重と長い睫《まつげ》に縁取られた空色の瞳。通った鼻《び》梁《りょう》に、かたちのよい薄い唇。白磁《はくじ》の肌は染みひとつなく、立ち居振る舞いは麗しく美しい。

そして、長身で引き締まった体つきをしていた。

そんなライナルトの横に立つには、ルイーゼは美貌と華やかさがたりない気がする。

いや、容姿だけの問題ではない。

ルイーゼは末の皇女として大切に育てられ、世間知らずなところがあった。

欠点というわけでもないのだが、生真面目すぎてしまう面もあり、つい侍女たちへの接し方も堅苦しくなってしまう。

もっと明るく朗《ほが》らかに、と思いもするのだが性分なので、なかなか上手くいかない。

いや、三人いる姉たちはみな話し上手で朗らかなのだから、きっとルイーゼの努力がたりないのだ。

奉仕作業のときも、一度、作業を始めると、そのことで手一杯になる。集中力があるといえば聞こえはよいが、ひとつのことしかできない不器用さだ。

生真面目で堅苦しい女など面白みがないだろうし、要領の悪いルイーゼを妻にするのはライナルトも不安なのだ。だからこんな提案をされているのに違いない。

この婚姻で少しでも心やすらかに過ごしてほしかったが、逆にライナルトに不安を抱えさせるとは……自分はなんて至らない皇女なのだろう。

「すぐには無理かもしれませんが……朗らかで、臨機応変な応対ができるよう努力いたします」

「ルイーゼ殿下。私は誰か想う方がいたり、あなたに不満があって白い結婚を持ちかけているのではありません」

ライナルトは感情の見えない静かな双眸でルイーゼを見下ろす。

「私が還俗し婚姻した事実さえあればよいのです。私たちが本当の夫婦になるかどうかは重要ではない」

「ですが……」

婚姻に至る理由は違えど、貴族間では政略結婚はよくある話だ。むしろ恋愛結婚のほうが珍しい。中には白い結婚をしている夫婦もいるだろうが、政略結婚でも信頼し合っている夫婦も当然いるはずだ。

政治的な側面が強いとはいえ、縁があり婚姻するのだ。少しずつでいいから、歩み寄りたい。ルイーゼはライナルトと『あたたかい家庭』を作りたかった。

この気持ちをどうにか言葉にして、ライナルトに伝えたい。そう意気込むルイーゼを遮るように、ライナルトが話し出した。

「私には聖力があるのです……」

ライナルトの苦渋に満ちた声にルイーゼは戸惑う。

「せいりょく……」

「これはこの場だけの話にしておいてほしいのですが、私はその力を恥ずかしながら制御できずにいて、感情が昂《たかぶ》ると聖力を放ち、物を壊してしまうことがあります」

――聖力。

聖人には聖力と呼ばれる超常的な力があり、多くの信徒がその人知を超えた力により救われたという伝承があった。

聖力は、多くの人々を救うための力だ。

物を壊したり傷つけたりするなど聞いたことがない。けれど聖人の再来といわれるライナルトが話しているのだ。ルイーゼは伝承にある聖力のことだと思いかけたのだが――。

「……ふ、夫婦の行為をしている最中は、おそらく感情の乱れがあるでしょう。聖力であなたを傷つけないためにも、白い結婚にしたほうがよいと思うのです」

扉の傍で控える侍女に聞こえないよう、ライナルトは目を伏せて小声で言う。

ライナルトにすれば重大な秘密を告げている緊張と、本当は誰にも知られたくないという思いから小声になっていた。

しかし、ルイーゼにはその様が敬虔な聖職者ゆえの恥じらいからくるものに見えた。

そのため、聖力ではない『せいりょく』のことを言っているのでは……とルイーゼは考えてしまった。

ライナルトを心から思いやり、真摯に向き合おうとしたがゆえの誤解であった。

(殿方の中には人一倍……精力の強い者がいる。そう耳にしたことがある……)

精力は精神や肉体の力という意味ではあるが、おそらく話の流れからきっと性的な意味に違いない。

精力が強い、つまりは閨事《ねやごと》において、精力絶倫であるとライナルトは言いたいのだろう。

ルイーゼは耳年増であった。

年若い侍女たちや、夜会やお茶会で一緒になる令嬢たち、ともに奉仕作業に勤しむ娘たち。身分や立場は違えど、同年代の女性の話題は、たいていが流行の衣装や美味しいお菓子、そして殿方のことだ。

早くから婚約者がいる者もいたし、中には既婚者もいた。

しかしみながみな、実体験に基づいて話していたわけではない。

ほとんどの女性たちは、書物で読んだ知識や又聞きした恋愛の駆け引きや、性知識を披露していた。

ルイーゼは会話には加わらず、黙って耳を傾けていただけだったが、彼女たちの赤裸々なおしゃべりを聞くのは嫌いではなかった。ルイーゼの持つ閨事に関する知識は、彼女たちのおしゃべりから得たものである。

(……精力の強い男性がいると……聞いたことがあったわ)

確か、精力の強すぎる殿方は時として、相手の女性を抱いて潰してしまうことがある
――という話だった。

潰すなどすさまじい怪力である。恐ろしい。

（……猊下も、そのような力をお持ちなのかしら……？）

ルイーゼはまじまじとライナルトを見る。

華奢ではないけれど、腕の太さは見たところ一般男性と変わらない。とてもではないが、人間を潰す怪力の持ち主には見えなかった。

それに聖職者は純潔が重んじられる。

聖職者の最高位、聖王という立場にあったライナルトが、女性と深く関わるのは許されなかったはずである。

ライナルトの清廉な容姿もあって、彼にそのような衝動があるなど想像もできない。

けれど……幼い頃から聖人として、教会の戒律の中で育ってきたのだ。鬱屈《うっくつ》した思いを抱いていてもおかしくない。

善良な人ほど深い悩みがあり、誰にも明かすことのできない歪《ゆが》みを持つ場合もあるのだろう。

（ずっと……みなの前では立派な聖王を演じながら、自身の精力について悩んでいらしたのかしら）

今まで誰にも知られぬよう隠していた悩みなのだろう。

それを二人だけの秘密だと、明かしてくれた。それはこれから婚姻するルイーゼへのライナルトなりの誠意なのだ。

ルイーゼの反応を待つライナルトは、目を伏せどこか寂しげな顔をしている。もしかしたら共感を求め、受け止めてもらいたいと思っているのではなかろうか。

(できるならば妻として……猊下の精力をなんとかして差し上げたい)

しかし……潰されるのは怖ろしい。

ライナルトも己の精力で、ルイーゼを傷つけてしまうのではないかと恐れている。

当然だ。婚姻したとしてもルイーゼが皇族であることには変わりがなく、初夜で新妻が夫に潰されるような惨劇が起きたら、父も黙ってはいまい。

元聖王が元皇女を精力絶倫ゆえに殺害したなど、あらゆる意味ですさまじい醜聞である。

(猊下の強い精力を抑える方法があればいいのだけれど)

婚姻までまだ時間がある。重大な秘密を話してくれたライナルトのために、ルイーゼはしっかりと考えることにした。

「話しにくいことを打ち明けてくださり、ありがとうございます。精力を使われたくないのですね。猊下のお気持ちはよくわかりました」

「ご理解いただけましたか」

ライナルトの強ばっていた表情が少し緩む。

やはりルイーゼに受け止めてもらいたかったのだ。ルイーゼは真面目な顔をし、大きく頷いた。

「はい。理解いたしました。わたくし、しっかりと考え、猊下のお心に添えるよう努力いたします」

ライナルトは安堵したように小さく息を吐き、「ありがとうございます」と言った。


ルイーゼを見送ったライナルトはほっと胸を撫で下ろす。

聖力について皇帝から何か聞いているかもしれないと考えていたが、知らない様子だった。たとえ知っていても、ルイーゼならば秘密を漏らしはしないだろう。

ルイーゼのために持ちかけた提案ではあったが、容易には受け入れてもらえないと思っていた。

なのに白い結婚という不躾《ぶしつけ》な願いをすんなりと聞き入れてくれたうえに、聖力についても理解をしてくれ、使わなくてすむよう努力してくれると言ってくれた。

(真面目で優しい女性だ)

この婚姻がいつまで続くかはわからないが、ルイーゼとともに過ごす間はこれ以上罪を重ねずにいられる気がした。

ライナルトは、己を恥じ、悔い、罪悪感とともに生きてきた。

そしてこれからも命がある限り、咎人の枷《かせ》を嵌めたまま、生きて死んでいく。

聖人の持つ聖力。

その超人的な力で、聖人は多くの人を救ったという。

それを見た人々は聖人を畏れ敬い、ひれ伏した。

聖人の再来といわれているライナルトも――いや、聖人の証《あかし》である痣《あざ》と聖力を持っていることが、聖人の再来だと、教会から認定された理由であるのだが――聖人と同等かはわからないが、聖力を持っていた。

しかし伝承の聖人とは違い、ライナルトはその力を完全には制御できていない。

感情が揺れると、力を発露させてしまうのだ。

幼い頃は怖い夢に魘《うな》されたりするたびに、近くに置いていたガラスコップが割れたり、窓ガラスに亀裂が入ったりしていた。

今は感情を揺らさないようある程度抑えられるようになったため、物を壊しはしなくなったが。

「感情を揺らしてはなりません。怒りや悲しみを捨て、受け入れるのです。聖力による大罪を決して二度と犯さぬように……」

ヴェルマーに何度もそう諭された。感情が揺れそうになったときは犯した罪を思い出し、心を落ち着けるのだと。

ヴェルマーの左半分の顔は、包帯で隠されている。左目も見えない。

それはライナルトが聖力を暴走させ、ヴェルマーを傷つけた——罪の証だった。

ライナルトの罪はそれだけではない。

ライナルトはヴェルマーを傷つけた際、その場にいた者たちの命まで奪っていた。奪った命の中には、ライナルトの母親もいた。

人殺しで親殺し。贖いようのない罪だ。

ライナルトの実母は貧しい娼婦だった。

流民の母は誰ともわからぬ男との間に子をつくった。その子は、聖人の証の痣を持って生まれた。母は無学で、スサネ教の信徒ではなかったため、息子の痣が聖人の証だと気づかなかった。

しかし、ある日事件が起きる。体調を崩した息子を町医者に診《み》せたのが発端だった。

診察中、子どもの痣を偶然目にした町医者は教会に報《しら》せた。敬虔な信徒であった町医者はライナルトの痣に引っかかりを覚えたのだろう。

報せを受けた聖職者たちが母子のもとを訪ねたとき、母親は子どもを押さえつけ、聖人の痣に焼き鏝《ごて》を当てようとしていた。

聖職者たちが常軌を逸した行為を止めようとしたとき、焼き鏝が子どもの肌に触れた。子どもは痛みで泣き叫ぶと同時に、聖力を暴発させた。

その場にいた司祭、付き従っていた聖職者。暴発の原因となった女……ライナルトの母が、まるで業火《ごうか》に焼き尽くされたかのごとく炭となった。

ヴェルマーだけが怪我《けが》を負ったものの、かろうじて命拾いしたのだという。

多くの命が失われたにも拘らず、業火の中心にいたライナルトは無傷であった。

だが膨大な聖力を一気に放出したからだろう。ライナルトは気絶し、目覚めたら教会の寝台の上にいた。

あのときの記憶はおぼろげだ。

感情が揺れて再び聖力が暴走してしまうのも不安で、思い返さないように気をつけてもいた。

(けれど……覚えていないからといって、罪が消えるわけではない)

人々を救うためにある聖力で、母と聖職者たちを殺めてしまった事実が消えるわけではないのだ。ライナルトは聖力が怖ろしい。ライナルトの聖力の暴走を知っている枢機卿やヴェルマーたちよりも、自分自身がこの力を怖れている。

聖人の再来といわれながら、なぜライナルトの聖力は救いや施《ほどこ》しを与えるものではなく、破壊をするものなのか。

ヴェルマーに訊ねたけれど、返ってきたのは「神があなたに与えた試練なのでしょう」という言葉だけだった。

罪の意識から自死を考えたこともあったが、スサネ教では自死も固く禁じられていた。

しかし――もう二度と間違いは犯したくない。

聖力で他者を殺めることも傷つけることもしたくない。

誰かを傷つけるくらいならば、自身が消えてなくなりたかった。


「姫様。猊下はお元気でいらっしゃいましたか」

自室に戻ったルイーゼに、侍女の一人が好奇心を露わに話しかけてきた。

「お元気そうでした」

枢機卿が起こした事件後、ライナルトは牢獄ではないものの、皇宮内の一室に監禁されていた。入り口には監視の兵が付き、許可なく人と会ったり、出歩いたりするのは禁じられている。

不自由な暮らしを強《し》いられてはいたが、見慣れた立襟の白い祭服姿は清潔そのもので、艶やかな銀髪も一糸の乱れもなかった。少々、頬が削《そ》げ痩《や》せたように見えたが、顔色は悪くなかった。

「相変わらず、麗しかったです」

「まあ。羨ましい……羨ましゅうございます……！」

羨ましいと唇を尖《とが》らせながら、どこか悔しげに侍女が言う。

侍女は三年前に結婚をしていた。しかし夫を愛しく思う気持ちと、ライナルトに憧れる気持ちは別物らしく、結婚をしてからも集団礼拝で聖王猊下に運良く会えたときは少女のごとくはしゃいでいた。

(ああ、そうだわ。彼女に訊ねてみましょう)

彼女はしっかり者で口が堅い。まだ年若いが、みなの相談役になるほど信頼の厚い侍女であった。

主人であるルイーゼとの会話を誰かに漏らすことはないであろう。他の侍女が出払っていて、二人きりなのもちょうどよかった。

「お茶の準備をいたしましょうか？」

「いえ、その前に少し訊ねたいことがあるのだけれど……よいでしょうか」

「ご相談ですか？　もちろんですとも」

「その……力の強い相手と対峙《たいじ》したとき、あなたならどうしますか？」

いくら侍女の口が堅いといっても、ライナルトから秘密にしてほしいと打ち明けられた事柄だ。

彼の信頼を裏切ってはならない。

清廉なライナルトと精力——性的な意味での精力は結びつかないとは思うが、ルイーゼは用心して問いかけた。

「力が強い……どれくらいですか？」

「潰してしまうほどです」

「潰す！　ひねり潰すのですか」

「そうですね……相手を傷つけるのですから、ひねり潰すのだと思います」

「そのような乱暴者……いえ、猛獣とは関わりません」

毛むくじゃらの猛獣とライナルトを重ね合わせようとするが上手くいかない。

「けれど、どうしても、対峙せねばならないとしたら……？」

「退治ですか。そうですね。剣で斬《き》りつけるしかないのでは……」

ライナルトに剣を向けるなんてできるわけがない。そもそもルイーゼの腕力で剣を持てるのだろうか。いや、そういう問題ではない。

「剣で斬りつけたら、死んでしまいます」

「殺しては駄目なのですか？」

「もちろんです」

この婚姻はライナルトを処刑させないためでもあるのだ。

ルイーゼがライナルトを殺害したら、国を揺るがす大問題に発展するだろうし、何より彼を傷つけたくない。

「退治はするけれど、生かすのですね……なら食事に薬を混ぜるとかですかね」

「薬……」

「睡眠薬ですね。眠らせている間に縛ってしまえば、きっと大丈夫です」

「縛る……」

聖人の再来といわれる聖王猊下を縛り上げるなど、不敬ではなかろうか。

(でも……還俗するのだし……)

聖職者でなくなるのだから、ある程度の不敬ならば許されるかもしれない。

侍女の言うとおり眠らせて縛れば、ライナルトの強い精力でルイーゼが抱き潰され、傷つけられることはなさそうだ。

（けれど……眠って縛った状態で、できるのかしら）

耳年増ではあったが、閨事についてては詳しくない。女性たちのおしゃべりから得た曖昧《あいまい》な知識しかなかった。

そもそも閨事は殿方に任せるのが普通だとも聞くが、ライナルトに努力すると宣言をしたのだ。知らないままではいけないだろう。

「いろいろと学ばなければならないことが、たくさんあります」

「保護活動でも始められるのですか？　危ないことはおやめになったほうがよろしいかと」

新たに決意を固くするルイーゼに、侍女は心配げに問うてくる。何か誤解をさせてしまったようだ。

「いえ、そういうことではなく。参考までに訊ねただけです」

「ならよろしいのですが……」

侍女はお茶の準備をするために退室する。

縛った状態のライナルトとするなら、知識が必要だ。

それに縛り方も学ばなくてはならないだろう。

ルイーゼは翌日から書物を参考にして人形相手に縛る練習を始め、古参の侍女から閨房の作法を学び始めた。

◇　◆　◇

「猊下……その御髪は……」

ルイーゼは瞳をぱちくりさせ衝撃を受けた表情で、ライナルトをじっと見つめている。

「還俗するので、切りました」

「何もお切りにならなくとも……。還俗したら切らねばならぬという決まりはないはずです。陛下のご命令ですか？　なぜそのような非情なことを命じられたのでしょう」

憤懣《ふんまん》やるかたない様子で、ルイーゼが眉を顰《ひそ》める。

ライナルトは還俗にあたって、腰まであった長い髪を襟足辺りでばっさりと切った。

ルイーゼの言うとおり、還俗するからといって髪を切らねばならない決まりはない。

そもそも聖職者だから髪を伸ばさねばならないという決まりもなく、聖人の再来である聖王の神秘性を高めるため、枢機卿から伸ばすように命じられていただけだ。

髪の短い司祭のほうが多いし、敬愛する司祭ヴェルマーも短髪だ。

仮に皇帝からの命令であったとしても、男に髪を切れと命じるのはそこまで非情なことなのだろうか。ライナルトにはわからない。

「陛下に命じられたわけではありません。区切りになると思いましたし……長い髪がずっと面倒でしたので切ることにしたのです」

ルイーゼがなぜそんなに憤っているのかわからないが、ライナルトは髪を切った理由を正直に説明する。

髪が長いと洗髪も乾かすのも時間がかかり、それなりに手入れも必要で、億劫《おっくう》だった。

ライナルトにとって長い髪は面倒でしかなく、髪を切ると想像していた以上に楽で、気持ちも晴れやかになった。長い髪を保たなくてはならない女性は大変だと心から思う。

しかし、ライナルトの説明では納得がいかないのか、ルイーゼは眉を顰めたままだ。

「何か問題でもありましたか」

「……いえ、問題はありません。ただ、お美しい髪が短くなったことに驚いてしまいました。……ですが、短髪姿もお美しいです。猊下」

ルイーゼは真摯な眼差しを向け、生真面目な顔をして言う。

「……ありがとうございます」

ライナルトはなんと応えてよいのか戸惑いながらも礼を口にし、三日前にも似たような会話をヴェルマーとしたことを思い出した。

「猊下……その御髪は……。もしや、切るように命じられましたか？」

久しぶりに会ったヴェルマーも、ルイーゼと同じように目を瞠《みは》って言った。

還俗と婚姻をライナルトが受け入れて四日ほど経《た》ってから、ヴェルマーが解放され対面が許されたのだ。

もちろん二人きりというわけにはいかず、扉には見張りの兵が立っていた。

ルイーゼと同じ説明をヴェルマーにした。納得はしていないようだったが、それ以上は追及してこなかった。

「……左様でございますか。私の身柄と引き換えに、還俗と皇女との婚姻を呑《の》まれたと伺い、心配をしておりました」

ヴェルマーは半分だけ露わになった顔を皺《しわ》くちゃにし、申し訳なさげに右目だけでライナルトを見上げた。

包帯に覆われた傷のせいだろうか、ヴェルマーは今年で五十歳になるが年齢より老いて見えた。

ライナルトは十歳のとき母と死に別れ、教会に引き渡された。そのライナルトの世話をしてくれていた頃は、顔の左半分に包帯をしてはいたものの、皺も少なく年齢相応の外見をしていた。

ヴェルマーは枢機卿の派閥に入らなかったせいで、嫌がらせを受けていたと聞く。普通より年老いて見えるのが、気苦労のせいかはわからなかったが、ヴェルマーの苦労のほとんどは自分の不甲斐《ふがい》なさのせいなのは確かだった。

ライナルトは申し訳なく思いながら、小さな肩にそっと手を置いた。

「枢機卿の一件で、信徒たちは教会に疑念を抱いています。一部の信徒の中には皇帝に恨みを向ける者もいるでしょう。どうか、迷う信徒たちを導いてください」

「……っ。もちろんです。もちろんですとも」

感極まったように涙ぐみ、ヴェルマーは何度も頷いていた――。

ヴェルマーだけでなくルイーゼにまで、ライナルトの断髪が命じられたものではないかと、案じさせてしまった。

二人に余計な心配させてしまって申し訳なくなる。

それでなくとも、ヴェルマーにはスサネ教のためによりいっそう奉仕する責務を委《ゆだ》ね、ルイーゼには自分のような咎人と婚姻を結ぶ負担をかけてしまうというのに。

今日は婚儀の衣装合わせと説明のため、皇宮の衣装室に出向いていた。

婚儀の衣装合わせがすむと、大臣からひと月後に予定されている婚儀の説明を受ける。

皇女の婚姻は国の慶事《けいじ》である。

本来なら国を挙《あ》げて祝うべきなのだが、ライナルトの還俗の儀式も同日にあるため神事扱いとなり、密かに行われるという。

「婚儀を終えましたら、皇宮近くにある屋敷に移っていただきます。厳重に警備いたしますので、ご心配はいりません」

説明を終えた大臣が退出すると、ライナルトは長椅子に座るルイーゼに詫《わ》びた。

「なぜ、謝られるのですか？」

ルイーゼは不思議そうに小首を傾げた。

「……婚儀のことです」

「婚儀が何か？」

「本来ならば、皇女殿下の婚儀は民から祝福され盛大に催されたことでしょう。私が婚姻相手となるせいで、質素な婚儀になってしまい……申し訳ありません」

ルイーゼの姉である皇女たちがフィルア帝国の貴族に降嫁したときは、華やかなパレードが行われた。帝都はお祭り騒ぎで、夫婦の門出を祝っていた。

それなのにルイーゼの婚儀だけ質素になってしまう。自分のせいだとわかっているだけに心苦しい。

還俗と同時にライナルトには一代限りの爵位が与えられる。ルイーゼを平民の妻にさせずにすんだのは不幸中の幸いだ。

「わたくしは婚儀に特にこだわりはありません。お気になさらないでください」

ルイーゼは淡々と言う。

ライナルトはよりいっそう居たたまれなくなる。謝らなくてはならないのは、これだけではないからだ。

「それに……私との婚姻でルイーゼ殿下に恨みを向ける者がいるかもしれません」

枢機卿が皇帝暗殺未遂事件を起こしたにも拘らず、ライナルトが還俗するだけで、聖都タラに住まう人々やスサネ教の信徒が弾圧されずにすむのだ。

多くの信徒は、皇女ルイーゼとの婚姻に納得するだろう。

しかし、一部の熱狂的な信徒は、聖王を俗人にした皇帝に恨みを抱く可能性がある。それどころか怒りの矛先をルイーゼに向けることも、充分考えられた。

「……致し方ございません。猊下はとても人気がおありですから」

まだ若くとも、さすが一国の皇女だ。ルイーゼの表情は落ち着き払っていて、怯《おび》えはひとかけらもなかった。

この婚姻の意味を理解したうえで、相応の覚悟を持っているのだろう。

ならば、ルイーゼに信徒の悪意が少しでも向かないようにライナルトもできうる限りのことをせねばならない。

「私から宣言を出そうと思っています。あなたとの婚姻は私の意思なのだと。そうすることで冷静になってくれる者もいるでしょう」

しかし、ライナルトの言葉にルイーゼは困惑した表情を浮かべた。

「それは、火に油を注ぐだけなのではないでしょうか」

「……そうでしょうか」

「恋愛感情などあってほしくないと願う女性が多いはずです。政略だからこそ、許せることもあるでしょう。乙女の心は複雑ですから」

「乙女の……？」

信徒の心……の聞き間違いだろうか。

「わたくしも身の安全に気をつけますので、心配なさらずとも大丈夫です」

何か齟齬《そご》が生じている気がする。

けれど、あまりにルイーゼが泰然としていたため、確かめるのが躊躇われる。

ルイーゼの言うとおり火に油を注ぐ可能性があるならば、何もしないほうがよかろう。

せめて白い結婚だけは守り通そうと、ライナルトは密かに誓う。

ルイーゼはこの婚姻を完全に割り切っている様子だ。

白い結婚を持ちかけたのは自分だというのに、そんなルイーゼの態度をなぜか――少しだけ寂しく思ってしまった。

第二章　初夜

ライナルトの還俗式は聖都タラにある大聖堂で厳重な警備のもと、聖職者のみで執り行われた。

還俗式を終えると、婚姻の儀式へと移る。

事前に話されていたとおり儀礼だけの簡素なもので、あっという間に終わった。花嫁衣装に着替えて、化粧をしていた時間のほうが数倍長かった。

ライナルトは皇女の婚儀が質素なのを申し訳ないと言ってくれていたが、ルイーゼは同年代の令嬢のようには婚儀への憧れを持っていない。

豪華な花嫁衣装を美しいとは思うけれど、式が派手だろうが地味だろうが、特に思うところはなかった。数年後には自分がどのようなかたちのドレスを着ていたかも忘れていそうだ。

しかし……祭服とは違う、白絹の正装を纏《まと》ったライナルトは、恐ろしいほどに美しく、発光しているかのように輝いて見えた。自分の花嫁衣装のかたちは忘れても、ライナルトの正装姿は克明にルイーゼの記憶に刻まれ、決して忘れはしないだろう。

式を終えると、ルイーゼは皇宮に一度戻った。

花嫁衣装から普段着のドレスに着替える。これからライナルトとともに住む屋敷へ向かうため馬車に乗ろうとしたときだ。ルイーゼを呼び止める声がした。

声のほうを見ると皇帝の姿がある。父がわざわざ見送りに来てくれたことに、ルイーゼは少しだけ驚く。

「そなたを嫁にやることを決めたのは私だが……寂しいな」

皇宮の近くに屋敷を用意するよう大臣に指示を出したのは父だというのに、まるでルイーゼが遠い異国の地に輿入れするかのごとき顔をしている。

「すぐ近くですから、陛下に何かあればすぐに駆けつけます。もうすぐ義姉上が子をお産みになりますし、皇宮も賑やかになることでしょう」

王太子妃の出産も間近だと聞いている。孫が生まれれば、きっと父の寂しさもまぎれるだろう。だというのに、父の表情は寂しさに満ちている。

「……永遠の別れではないのです。そのような顔をされると、困ります」

「そなたは相変わらずつれないな。娘が嫁ぐのは、何度経験してもしんみりするものなのだ。猊下の前では、もっと可愛らしくせねばならぬぞ」

「肝に銘《めい》じます」

「……この婚姻を受け入れることができぬ者はまだ多くいる。護衛をつけるが、そなたも警戒を怠らず、不審なことがあればすぐに相談するように」

「はい。ご配慮ありがとうございます」

ルイーゼが生真面目に頷くと、父は溜め息を吐いた。

「そういうところだぞ……ルイーゼ」

「そういうところ……？」

「怒ってもよいのだ。危険に晒《さら》されると知っていながら、そなたの婚姻を決めた父を詰《なじ》ってもよいのだ」

「詰る理由がありません。婚姻は皇女の義務です……それに、相手が猊下で……嬉しく思ってもいるのです」

あの麗しい人の妻になることができるのだ。

おこがましく、自分などに務まるだろうかと不安もあるが、純粋に嬉しくもある。

「そうか、ならばよい。……猊下が、そなたの善良さに気づいてくれることを祈っている」

ルイーゼの言葉に皇帝は笑む。それは皇帝としてではなく、どこにでもいる普通の父親のような笑顔だった。

皇帝に見送られ、ルイーゼは馬車で屋敷へと向かう。屋敷のある場所は皇宮から歩いて行けるほど近いため、すぐに到着した。

ライナルトとルイーゼの新居となるのは、皇族所有の屋敷だった。

石作りの高い塀に囲まれた屋敷の敷地はそう広くはない。重厚な門の前には、衛兵の姿がある。

長らく使われていなかったと聞いていたが、二人が住むにあたって改装したらしく、風に乗って塗装剤の独特の匂いが漂ってきた。皇宮の庭から植え替えたのだろう屋敷の庭にある花壇も土が新しい。

屋敷の玄関の前に馬車が停まる音を聞きつけたのか、すぐに中年の男性が挨拶に現れた。穏やかな雰囲気の優しげな男性だ。この屋敷の家令だという。

家令に案内され、ルイーゼは屋敷をひと通り見て回った。

屋敷の内装は華美な装飾は一切されておらず、品がよく落ち着いた雰囲気だった。これならライナルトも少しは寛《くつろ》げるのではなかろうかと、ルイーゼは思った。

屋敷に用意されていたルイーゼの部屋は陽当たりがよく、実用性の高い家具が置かれている。その中のいくつかは、ルイーゼが皇宮の自室で使っていた家具だ。使い慣れたお気に入りの家具と別れるのは忍びなく、新居に持ち込むことにしたのだ。

部屋の奥には扉がもうひとつあり、ルイーゼの衣装部屋に繫がっている。

私物を入れている大切な箱もすでに届いていた。

「猊下がお戻りになるのは夕方だそうなので、それまでお休みください」

家令にそう告げられ、ルイーゼは少し休むことにする。側に控えていた侍女たちに目配せすると、家令と一緒に退室していった。

ほとんどが皇宮から連れてきたルイーゼ付きの侍女で、気心の知れた者たちだ。

皇女ゆえに常に人が側にいるのは当たり前だけれど、今日は婚儀で疲れていて一人になって休みたかった。

寝台に横たわろうとしたルイーゼは、はっとして身を起こす。

私物を入れている箱を開け、目当てのものがあるのを確認して、息を吐いた。

この箱には、ライナルトのために用意した大事なものが入っていた。

(不安だけれど……頑張らないと)

古参の侍女から閨房の作法について教えてもらったものの、さすがに閨事の実技までは学べなかった。閨事の知識を得る以外にルイーゼにできたのは、人形相手に縛る練習をしたり、衣服のボタンを外す練習をしたりするくらいだ。だから、実際のライナルト相手に上手くできる自信はあまりなかった。

最初は侍女が言っていたように薬も使おうかと考えていたのだが、睡眠薬を飲ませてライナルトが眠ってしまっては意味がない。

ルイーゼが頼れるのは、ひとつだけ。

今、目の前にあるそれだけである。

（晴れて猊下の妻になったのだもの。立派に役目を果たさなければ……）

自身を鼓舞《こぶ》しながら、ルイーゼはそれを握りしめた。

ライナルトは婚儀のあと、ヴェルマーを始めとする司祭たちと話し合いの場を持った。

枢機卿の起こした事件で多くの聖職者が処分され、教会は深刻な人員不足に陥《おちい》り、混乱していた。

皇帝から早急な事態の収拾を求められたライナルトは、ヴェルマーを中心とした立て直しが終わるまでの間、密かに彼らを手伝うことになった。

話し合いを終えて屋敷についたときには、すっかり日が暮れてしまっていた。

家令に自室へと案内されたライナルトは、側仕えの手は借りず一人で身支度をする。食事は部屋に運んでもらい一人でとった。ルイーゼはすでに食事をすませているという。

聖王であった頃も食事や掃除は側仕えの聖職者に頼んでいたが、身の回りの細々したことには他者の手を借りず、一人でしていた。

枢機卿は、多くの聖職者を側仕えとして傅かせていた。そしてライナルトにも、聖王の威厳のためにもっと多くの側仕えを置くよう言っていた。

自分には多くの側仕えがいるのに、ライナルトに側仕えがいないのは、体面が悪かったのだろう。だが、室内に他人がいると気疲れしてしまうので、ライナルトはのらりくらりと断っていた。

がらんとした部屋はずいぶんと広い。余分な家具は置きたくないというライナルトの意向に添い、小さな書棚と寝台、椅子とテーブルがあるだけだ。

室内をぼんやりと眺めながら、ライナルトは婚儀でのルイーゼの姿を思い出す。

白絹にレースが重ねられた豪奢《ごうしゃ》な花嫁衣装を纏ったルイーゼは、可憐《かれん》で美しかった。

自分などにはもったいない花嫁だ。

本来ならルイーゼはみなから祝福される婚姻をし、夫を愛し、夫からも愛されていたはずだ。考えると申し訳なさが増した。

騒動が一段落し、月日が過ぎてライナルトの利用価値がなくなったら、皇帝にルイーゼとは白い結婚であることを告げて、離縁を持ちかける――。皇帝は愛娘のために、ライナルトの要求を呑むだろう。

しかし……それには数年はかかる。

一生縛りつけないだけましかもしれないが、乙女として一番大事な時期を空しく過ごさせることには変わりがない。

白い結婚を貫き、ルイーゼに想う相手ができたら応援しようと思うが、ルイーゼは真面目な女性だ。たとえ誰かに恋をしたとしても、ライナルトと婚姻している限り不貞行為は働かないだろう。

ライナルトは悶々《もんもん》と考えながら、重い足取りで夫婦の寝室へ向かう。

家令や侍女たちが二人の行動を見張っているはずだ。初夜から自室で眠るわけにはいかない。白い結婚はライナルトとルイーゼとの間の秘密の約束だ。誰にも知られないように気をつけねばならなかった。

（明日からは自室で眠って……一ヶ月後くらいにまた、夫婦の寝室を利用すればいい……

閨事には詳しくないので、どれくらいの間隔を置くべきなのかはわからないが、様子を見て調整しよう）

寝室の扉をノックすると、「どうぞ」と中から声がした。

ライナルトが扉を開け寝室に入ると、白いナイトドレスにガウンを羽織《はお》ったルイーゼが椅子から立ち上がり礼をとる。

「猊下。玄関でお帰りを出迎えようかと思っていたのですが、初夜は……寝室でお待ちすればよいと侍女に言われました。明日からはきちんとお出迎えをいたします」

ルイーゼは真剣な顔をして、ライナルトを見上げた。

「いいえ。出迎えはいりません」

「ですが、出迎えは妻の役目だと聞きました」

「堅苦しく考えずとも……あなたは皇女殿下ですし、私たちの婚姻は、普通の……その、一般的なものとは違うのですから」

「わたくしはもう皇女ではなく、猊下に嫁ぎました。貴族の妻として、立派に役目を果たしたいのです。……ご迷惑でしょうか」

「迷惑ではありませんが……」

「なら、お出迎えをいたします」

意見を曲げないルイーゼに困惑していたライナルトは、ふと気づく。

ルイーゼは善き妻を演じようとしてくれているのだ。

彼女の言うとおり、家令や侍女たちに白い結婚だと知られないためには、日々の些細《ささい》な行動にも気を配ったほうがよい。

ライナルトはルイーゼの思慮深さに感銘を受けた。

「では、お願いしてもよろしいですか？」

「もちろんでございます」

力強く頷いたルイーゼに、ライナルトは小さく笑みを返し、寝室を見回す。

部屋の奥には天蓋《てんがい》付きの寝台があり、その手前には黒革の長椅子がある。背の高いライナルトが横になるには少々小さい。慌ただしい一日の疲れを癒やすには寝心地が悪そうだが、他に休めそうな場所もないので長椅子を使うことにする。

「初夜から別の部屋で眠るわけにはいかないので、今夜はここで休ませていただきます。殿下は寝台をお使いください。私は長椅子を使います」

「心配なさらずとも大丈夫です。わたくし、ちゃんと準備をしておりますので」

そう言って、ルイーゼは手にしていたものをライナルトに見せた。

白色の長い紐《ひも》だった。

髪飾りやドレスのリボンにしては、頑丈そうな……いや、これは細いロープだ。なぜロープを見せられているのか、意味がわからなかった。

「……ロープ、ですか？」

「はい。猊下はわたくしに精力のお話をしてくださいました。いろいろと思案し、こうするのが最善だと思ったのです。手をお縛りしてもよろしいですか」

「縛る……」

確かに白い結婚を持ちかけたときに、聖力の話をルイーゼにした。

だが、ルイーゼを必要以上に怯えさせてはならないと思い、詳しく力の内容までは話さなかった。そのせいだろう。ルイーゼはライナルトの腕を縛れば、聖力が発揮されないと思っているらしい。

ルイーゼの思い違いを正そうとしたが、やめる。

今夜は二人きりで過ごすのだ。聖力に怯え、一晩を過ごさせるのは可哀想だ。ライナルトを拘束し、ルイーゼが安心して眠れるならばそちらのほうがよい。

ライナルトは両手をルイーゼへ差し出した。

「失礼いたします」

ルイーゼは眉を寄せ、酷く真剣な顔つきで、ライナルトの両手首をロープでひとつに結んでいく。

しかし、か弱い女性のため、縛りが緩い。

これでは縄はすぐにほどける。寝ている間にほどけてしまったら、ルイーゼを怖がらせてしまうだろう。

「殿下、もっとキツく縛っても大丈夫ですよ」

「キツく縛って……大丈夫なのですね」

ルイーゼが念を押すように言い、ライナルトを見上げてくる。

「もちろんです。そこは二重にしたほうがよいですね」

「はい」

ルイーゼは真剣な表情で頷いて、ライナルトの指示通りに念入りに縛り上げた。


——もっとキツく。

ほどけないようにキツく縛れとライナルトに命じられ、ルイーゼは自分の行いはやはり正しかったのだと確信していた。

(猊下は精力でわたくしを傷つけてしまうから、白い結婚にしようとおっしゃった。けれど、本心では受け入れてほしかったのでしょう……」

だから、わざわざ精力の話をルイーゼにしたのだ。

「これで潰す心配はありませんね」

抱き潰すとしたら、やはり手だろう。足で抱き潰したりはできないはずだ。

白いロープで縛られたライナルトの両手首を見つめ、ルイーゼはひと仕事を終えた清々しい気持ちになった。けれどこれからが本番だ。

「…………つぶす……？」

虚《きょ》を衝《つ》かれたような表情でライナルトが呟《つぶや》く。

「猊下の妻として、精一杯努力いたしますので……ご安心ください」

不思議そうに見つめるライナルトに、ルイーゼは力強く言って微笑んでみせた。

「まずは、寝台におかけください」

「……先ほども言いましたが……私は長椅子で休ませてもらいます」

「いえ、寝台にいらしてください。縛ってあるのですから、心配は無用です」

「……もしかして、ともに寝台で眠るおつもりですか。広い寝台なので離れて眠るのは可能でしょうが……私も一応は男です。やめておきましょう」

「いいえ。眠りません」

「あなたは長椅子で休まれようとしているのですか？　殿下に長椅子を使わせるわけにはいきません」

「長椅子は使いません」

二人並んで座ることはできるだろうが、長椅子では二人揃って横になるには小さすぎるし、いろいろ学んだとはいえルイーゼも初めてなのだ。最初は寝台を使いたい。

「ならば、どこで眠るおつもりなのです？」

「ですから、眠りはいたしません」

ライナルトの問いかけに、はっきりとルイーゼは答えた。

これから閨事をするのである。眠りはしない。

「眠らないのですか？　今日は朝から、婚儀の準備で慌ただしかったでしょう？　あなたも疲れているはずです」

「猊下も、お疲れですか……？」

「え？　ええ……疲れてはいますが……」

ライナルトの言葉にルイーゼは反省をする。ライナルトの妻として、少しでも彼を癒やして差し上げたいと思っているのに、疲労に気づけなかった。早く閨事をすませ、お休みになっていただかねばならない。

「疲れているならば、寝台におかけください。早くすませてしまいましょう」

「すます……？」

ルイーゼの勢いに押されて、ライナルトは戸惑いながらも寝台に腰をかける。

「あ！　お待ちください。立ち上がってくださいませ」

「は？　はい」

不審げな顔をしながらも腰を上げたライナルトの正面に、ルイーゼは立った。

ライナルトは見慣れた祭服ではなく、白いシャツにトラウザーズ姿だ。

祭服姿だけでなく、普段着姿も神々しい。

美しくて神々しいライナルトに、自分などが触れてもよいものか躊躇ってしまう。

(けれど還俗されて……今はわたくしの夫なのだから……)

「猊下、手を上に上げてください」

「手を……？　はい」

ライナルトは言われるままに、手首をロープで縛られた腕を上げた。

「それでは、失礼いたします」

「は？　……っ、ルイーゼ殿下、何をっ……」

ルイーゼは『ベルトをしている場合』『ボタンだけの場合』と――両方の可能性を考え

て、トラウザーズを脱がす練習をしていた。

もちろん相手は男性ではなく、古参の侍女から借りた、彼女の夫の服である。

着衣された状態のトラウザーズを脱がすのは初めてだったが、ライナルトがベルトをしていなかったおかげもあって、なかなかに上手くいった。

下穿《ばき》きとともにずり下ろすと、ライナルトは寝台に座り込む。

座ってくれたおかげで、足からトラウザーズと下穿きを抜き取ることができた。

「で、殿下……何をなさるのですっ……」

「ご心配なさらずとも、大丈夫です」

「何が大丈夫なのですか。ロープを外してくださいっ」

ライナルトが珍しく声を荒らげている。

顔を見ると僅かに頬が紅潮していた。精力が漲《みなぎ》り始めたのかもしれない。

「落ち着いてください、猊下。猊下の強い精力を制御するためにも、ロープを外すことはできないのです」

「……聖力……」

ライナルトは呟いて、息を整えるように深呼吸したあと「……ロープを外してください」と抑揚のない声音《こわね》で言った。

「おまかせください、猊下。わたくし、しっかり学びましたから、きっと上手くできます」

「学んだ……？　っ……」

ルイーゼは寝台に座ったライナルトの前に、膝を立ててかがみ込んだ。

「動いてはなりません。猊下」

後ろに退こうとしているライナルトの白い太ももを、ルイーゼは摑《つか》む。

そして、そのまま手を滑らせて、ライナルトの下腹部に触れた。

「ひっ……！」

髪よりも濃い色合いの銀色の茂みを撫で、彼の股間からぷらんとぶら下がった棒状のものを指で確認していく。

棒状のものは男性器のはずだ。閨房の作法を学んでいるときに図解で見た。

色は赤黒かったり、紫色を帯びていたりと個人差があるという。ライナルトの男性器は濃い紅色をしていた。

（殿方にはみな棒状の男性器があるというけれど……こんなものをどうやって服の下に隠しているのだろう）

邪魔ではないのだろうか。

「…………っ」

ルイーゼは不思議に思いながら握ってみる。

ライナルトの男性器はひんやりとしていて、握った指を少し動かすと、中に硬い芯のようなものがあり皮が動いている感触がした。

「……っ」

初めての手触りに戸惑っていると、握ったそれがビクッと震えた。

驚いてルイーゼは手を放す。

ライナルトの男性器の先端が、むくりと角度を上げた。

「猊下……性的な欲求を抱かれたのですね」

殿方は性的欲求を抱くと、勃起という現象が起こるという。

女性の裸体を見たり、性器に刺激を与えたりすると勃起をする。ルイーゼはガウンすら脱いでいないので、この場合は後者だ。

もっといろいろな技をもちいて、ライナルトの性欲を刺激するつもりであったが、本人が申告したとおり精力が強いのだろう。少し触れただけで勃起してくれた。

ライナルトが勃起現象を起こさなくては、交合を完遂《かんすい》することはできないので、とりあえず第一段階を突破したと、ルイーゼは安堵した。

ライナルトは座ったまま、じりじりと後ずさりする。ルイーゼも寝台に乗り上がり、そのあとを追った。

寝台の端まで逃げたライナルトは壁に行き当たる。

「殿下っ……っ！」

狼狽《ろうばい》しているライナルトにかまわず、ルイーゼは膝立ちのまま、前で結んであった紐を外し脱ぎ捨てる。パサッと背後でガウンが床に落ちる音がした。

殿方、それもライナルトの前で、肌を晒すのは恥ずかしい。恥ずかしいが……交合なので仕方がない。

「ひっ……おやめくださいっ……」

ルイーゼはナイトドレスの肩紐も外す。

はらりと白絹が落ち、胸が露わになる。腰までずらして、ドレスから足を一本ずつ抜いた。そしてガウンと同じくそれも背後に脱ぎ捨てた。

ライナルトは頬を紅潮させ、ルイーゼの裸体から目を逸らすように、俯《うつむ》いている。

しかし――俯いた顔とはうらはらに、股間にあるそれは勃《た》ち上がったままだ。

(それに……先ほどより大きくなっている気がする……)

聞いていたよりも、長く太く見える。

男性器は色だけでなく、大きさや形状も、人によって異なるらしい。ライナルトのそれは精力に比例し、大きめなのかもしれない。

形状も……図解と実物とでは、少々異なっていた。ライナルトの男性器は、先端の亀頭と呼ばれる部分が見事なまでに張り出している。

「先端部は、先ほどまでは隠れていらっしゃいました。勃起現象により、先端が露出したのですね」

ルイーゼは観察しながら、淡々とそれの状態を口にした。

「……あなたはっ……何をおっしゃっているのです……。それより、服を、服を着てください……。私を困らせないでください。あなたも聖力が怖ろしいでしょう？」

「怖ろしいです。けれども……ロープで縛っているから、大丈夫です」

「あなたは……何も解っていない」

ライナルトが低い声で言う。

「おっしゃるとおりです。わかっていませんでした。だから、あなたの妻になるべく学んだのです」

彼の男性器は雄々しく立派で、奇妙で淫猥《いんわい》だった。清廉なライナルトがこのような卑猥《ひわい》なモノをぶら下げているなど、思いもしなかった。

きっと何も知らず彼の男性器を間近で見たなら、ルイーゼは驚いて怯えていただろう。

それどころか、呪いや悪い病気だと疑ったかもしれない。

けれどもルイーゼは閨事について学び、その知識があるからこそ、彼のそれを見ても怖れずにすんだのである。

「猊下は……知って、解っていらっしゃいますか？」

「……わかる？　何をです」

ライナルトはルイーゼから視線を逸らしたまま訊いてくる。

「これから、することをです」

「あなたの考えなど、私にはわかりません」

「そうですか……」

どうやらライナルトは強い精力はあるものの、性の知識はまったくないらしい。

寝台の傍の棚の上にあらかじめ置いてあった小瓶に、ルイーゼは手を伸ばした。


ライナルトは狼狽していた。

ルイーゼは白い結婚を受け入れてくれたはずだ。だというのに、なぜこのような事態になっているのか。まったく理解できない。

いや、ロープで縛られたところまではわかる。

ルイーゼはロープで縛ればライナルトの聖力が抑えられると……一夜を安全に過ごせると考えたのだろう。

しかしロープでの拘束後、ルイーゼはなぜかライナルトのトラウザーズと下穿きを脱がし始めた。半裸状態にしたあげく、男性器を握ってきたのだ。

スサネ教では純潔が重んじられ、聖職者の婚姻は許されていない。

当然、聖王という立場にあったライナルトは童貞であった。

奉仕活動のときなどに女性の信徒と接する機会はあったが、聖職者として適切な距離を保っていた。

スサネ教の聖職者になれるのは男性のみで、女性がいない環境のためか、男同士で恋愛関係に陥る者もいた。

彼らを差別するつもりはないが、ライナルトは同性に対して恋愛感情を抱いたことはない……いや、女性に対しても抱いたことは一度もないのだが。

とにかく、性器を見られたり、握られたりするのは初めての経験だった。

ルイーゼの白くしなやかなほっそりした手が、排泄器官に触れる。感触だけでなく、目に飛び込んできた光景に、カァッと下半身が熱くなった。

　このような衝動は初めてだった。

　ライナルトは健康な成人男性だが、自慰の経験はない。まれに朝起きると下着が白濁で汚れているときもあったが、性欲というより排泄のような感覚だった。

　交合の知識も一応はある。しかし自分がそのような行為をするとは今まで想像すらしていなかった。だというのに――。

　ライナルトはルイーゼに服を脱がされたあげく、男性器にまで触れられた。抵抗しようとしたが、ライナルトの感情はルイーゼの行為で激しく乱れていた。

　平常心を失い暴走した聖力で、華奢な彼女に怪我をさせてしまったらと思うと怖ろしく、ルイーゼを強く拒み、叱りつけられなかった。

　できるだけ冷静にやめるように訴える。ふいにルイーゼの手が股間から離れたので、ライナルトは後ずさりして彼女から離れた。

　するとルイーゼは自身の着ていた服を脱ぎ始めた。

　真っ白な滑らかな肌。自分の平らな胸とは違う……豊かな膨らみ。

　先端の小さな薄紅色を見て、すぐに視線を外した。けれども一度見た光景は、脳裏にこびりつき離れない。

（彼女は……いったい何を考えているんだ）

交合をしようとしているらしいが、なぜ交合をしたがるのかがわからない。白い結婚が嫌ならば、ライナルトが話を持ちかけたときに断ればよかったのだ。受け入れておいて、なぜライナルトの両手首を縛り、襲いかかってくるのか。行動が謎すぎた。

ライナルトは俯き、ルイーゼの裸体が視界に入らないようにする。

ルイーゼが近づいてきたらと怯えていたが、その様子もない。

沈黙が落ちる寝室に、ぐちゅぐちゅっと小さな水音が響く。

不思議に思いルイーゼをちらりと見上げたライナルトは、弾かれたように視線を外す。

ルイーゼは裸体を晒した姿で膝立ちになって、ほっそりとした手を自身の太ももで挟んでいた。

「……で、殿下……その……何をされているのです……」

煽情的《せんじょう》な姿に声が掠《かす》れてしまう。

「ほぐしているのです」

ライナルトの問いかけに、ルイーゼは至極真面目に答えた。

「ほぐす？」

「潤滑剤で女性器をほぐさねば、猊下の男性器を挿入できません」

ルイーゼの卑猥な言葉に頭の奥が痺《しび》れたように重くなり、昂った下半身にさらに熱がこもる。彼女の指がほぐしている場所を想像し、まるで期待するかのようにライナルトの男性器が反り返った。

「どうしてなのですか……殿下……あ、あなたも白い結婚を了承したはずです……陛下から私に従うなと言われましたか？」

ライナルトの言葉にルイーゼは目を見開く。

「精力のことを、猊下は秘密にしてほしいとおっしゃいました。あなたがわたくしにだけ話してくださったのです。たとえ皇帝陛下に命じられても、決して口にはいたしません」

ルイーゼは心外だと言いたげな顔で言った。

「ならば、なぜ……」

「わたくしは、猊下のお気持ちに寄り添いたいのです」

気持ちに寄り添いたいならば、このような行為はやめてほしい――。

ルイーゼにそう言おうとしたのだが、ルイーゼの裸体を見ないように逸らした視界に、白い手が伸びてくるのが見えた。

（駄目だ。彼女を振り払わないと……）

両手を縛られていても、足で遮り、小柄なルイーゼを押しのけるのは可能だ。

けれどライナルトは、己の心が揺らぐのが恐ろしかった。

強引に腕力を使い抵抗すればその衝動のまま聖力を使ってしまうかもしれない。もう誰にも、ひとすじの傷さえつけたくないのだ。

ほっそりとした指先がライナルトの脚の間、天を向いた男性器の先端に触れる。

「……っ」

ルイーゼの指は透明な液体で濡れていた。おそらく潤滑剤なのだろうが……その指が先ほどまで触れていた場所を想像すると、はち切れそうなほどそこが熱く滾《たぎ》った。

自分の身体がこれほど簡単に情欲に弱いとは思いもしなかった。もっと触れてほしいとでもいいたげに、尻が戦慄《わなな》いた。

ルイーゼは両手でライナルトのそれを包むように挟むと、ぬるぬると上下に潤滑剤を擦りつける。

「っ……あっ……」

甘く弾むような声が漏れ、ライナルトは唇を噛《か》んだ。

ルイーゼを止めなければならないのに、他人に陰茎を扱《しご》かれる快楽にライナルトの思考が、甘く蕩《とろ》けていく。

熱を持っているせいだろうか。ルイーゼの冷えた手がたまらなく気持ちがよい。

「……先端から……しずくが……感じておられるのですね」

「っ……」

先端の孔《あな》から漏れたしずくを親指で拭われ、ビクビクと陰茎が震えた。

「猊下。我慢してくださいませ」

ルイーゼはあと少しで達する……というところで、陰茎から手を放してしまう。手を追いかけるように腰を揺らしてしまい、ライナルトは自身の浅ましさに恥ずかしくなった。

「では、失礼いたします」

ルイーゼは淡々とした声音でそう言うと、とんと軽くライナルトの肩を押す。

そして、寝台に背をつけたライナルトの下半身に乗り上がってきた。

小柄なルイーゼが脚の上に乗っていても、重さは感じない。

簡単に振り払える。けれど――やはり振り払えなかった。

聖力の暴走を怖れたからではない。脚に乗られ、ライナルトは驚き、俯いていた顔を上げた。そして、ルイーゼの姿を視界に入れてしまった。

ライナルトを見つめる黒い双眸は潤み、唇は僅かに開き甘い吐息を漏らしていた。

華奢な顎、ほっそりとした首。滑らかな曲線を描く肩と、まっすぐに浮いた鎖骨。張りのある豊かな乳房と、つんと尖った薄紅色の小さな乳首。

淫《みだ》らで煽情的なルイーゼの裸体にライナルトは見入る。彼女の行為をもはや止める術《すべ》はなかった。人形のごとくされるがままになってしまう。

「んっ……んん」

ルイーゼが小さく呻《うめ》きながら、ライナルトの上で腰を落としていく。

「……や、やめてください……っ！　はっ……あっ」

やめるよう訴えるが、ライナルトの昂った先端にルイーゼの熱くふっくらしたものが触れ、必死にかき集めた理性が霧散してしまう。ぐちゅっと小さな淫音を立て、ライナルトのそれが熱いものに埋もれていく。

「っ……んんっ」

ルイーゼが呻くごとに、濡れそぼった熱く狭い場所に陰茎が呑み込まれていった。

途中まではゆっくりとした動作だったのだが……ルイーゼは焦《じ》れたように、腰を弾ませた。パチュンと音を立てて肌が密着する。

「あっ」

「は、入りました……うう……」

ルイーゼが掠れた声で言う。

純潔を散らすとき、女性には痛みが伴うと聞く。

よほど苦しく痛いのだろう。ルイーゼは眉を寄せ、苦悶《くもん》の表情を浮かべている。黒い双眸からは涙がポロポロとこぼれていた。その痛ましい姿を見ても、萎える様子のない己のものが疎《うと》ましい。

「殿下……離れてください……」

ライナルトの懇願に、ルイーゼは小さく首を横に振る。

「子種を……子種を放ってくださいませ……」

「……っ」

思いもよらぬ言葉にライナルトは衝撃を受けた。

ルイーゼは子を欲していたのだ。彼女なら、きっと優しい母になるだろう。

だが、ライナルトは違う。聖力で人を殺めた咎人に、子孫を残す資格などない。母親さえも殺してしまった自分が、愛する人を得るなど許されるわけがない。あたたかな家庭と無縁であるべきだ。

だが――自分の子を孕《はら》んだルイーゼを想像すると、どうしようもなく胸の奥が締めつけられるほど切なくなった。

(彼女が望むのなら……)

自分の望みではない。彼女の気持ちを優先するだけだ。

そんな言い訳をしてまで、欲望を遂げようとする己の浅ましさが嫌になる。

ルイーゼのそこが陰茎をミチミチと締めつけた。

「っ……殿下。締めつけないでくださいっ……」

「勝手に、締まるのですっ……」

涙目でルイーゼに睨《にら》まれる。

密着している肌も、彼女の胎内も、熱い。

頭の中が焼かれたかのごとく熱く蕩ける。

身体の奥底から湧き上がる衝動に突き動かされ、ライナルトは身を起こした。縛られた両手首を持ち上げ、腕の中に彼女の身体をすっぽりと入れる。

驚いて丸く見開いたルイーゼの瞳に、ライナルトの姿が映る。

「げい……んっ」

開いた愛らしい唇に、ライナルトは己の唇を宛てがった。

舌先が触れ合うと、ルイーゼの中がきゅうとうねる。陰茎を扱くような蠢《うごめ》きに導かれ、ライナルトは精を放った。

初めての交合のせいか、驚くほど長くそれは欲望を吐き続けた。

引きつるように力の入った身体が、弛緩《しかん》していく。

解放感とすさまじい快楽に呆然としていると、ルイーゼがぐったりとライナルトに寄りかかってきた。

◇◆◇

薄《うっす》らと目を開けると、柔らかな朝陽が差し込んでいた。

気持ちのよい朝だ。

けれど、なぜか身体が怠《だる》く、節々が痛い。脚の間がヒリヒリしていた。

重い身体を叱咤《しった》しながら半身を起こし、部屋を見回す。

寝台が広い。寝慣れた場所ではないとルイーゼは気づく。

(そう……婚儀をした。猊下のお姿が麗しくてそれで……)

ライナルトの両手首を縛った。そして――。

「目が覚めましたか？」

天蓋のカーテンが開き、銀髪の麗しい顔をした男性が姿を現した。

「おはようございます、猊下」

「……おはようございます」

　朝の挨拶をすると、ライナルトが無表情で挨拶を返してくる。

「このような格好で失礼を……」

　夫相手であっても、はしたない姿を見せるのは無礼だろう。ルイーゼは寝台から下りようとしたのだが……腰を上げようとしてツキリと痛みが走ってうずくまってしまう。痛むのは、昨夜ライナルトを受け入れた場所だ。

　ライナルトがそっとルイーゼの背中に手を回し、身体を支えてくれた。

「大丈夫ですか？」

「初めてのときは痛みがあると聞いておりますので……」

「……出血は止まっていたようですが……痛みが酷いなら医師を呼びましょう」

　ライナルトはどぎまぎしながらルイーゼから視線を逸らして言うと、支えていた手を外し、寝台から距離を取る。

「ありがとうございます。……もし痛みが治まらないようなら、お願いいたします」

「………ルイーゼ殿下。昨夜、あなたはなぜ……あのような真似をされたのですか？」

　しばしの沈黙のあと、ライナルトは改まった口調で問いかけてきた。

　ルイーゼは困惑する。あのような——とは、閨事のことだろうか。

どうやら昨晩、ルイーゼは大きな失態を犯してしまったらしい。慌てて謝罪の言葉を口にする。

「申し訳ございません」

「謝ってほしいわけではありません」

ライナルトはゆっくりと首を横に振った。

「私は、なぜあなたがあのようなことをされたのか、それが知りたいのです」

学んだ閨房の作法通りに行ったつもりだ。

しかしなにぶん初めてだ。思いもよらない失敗をしているのかもしれない。

昨夜の行動を振り返り、ルイーゼは自分のしでかした失態に気がついた。

ライナルトの腕は意外にも逞《たくま》しかった。

鈍《にぶ》い痛みを感じながらも、腕に抱かれた安心感と心地よさから気を失うように意識を手放したのだ。いくらライナルトが吐精したあととはいえ、交合の最中に彼の上で眠りこけるなどあってはならない失態である。

「おそらく……式の準備で、早くから起きていたのと、緊張感からでしょう。失神したというよりやり遂げたという達成感だと思います」

つらつらと語るルイーゼにライナルトが眉を顰める。

「……なんのお話をされているのです？」

「交合の最中に眠ってしまったことについてです」

「……」

ライナルトはなぜか言葉を失っている。どうやら違ったらしい。

さらに深く考えて、もうひとつ失態に気がついた。

「猊下をお縛りしていたロープはどうされましたか」

「…………なんとか自分で外しました」

「申し訳ありません」

あれほどきつく縛っていたのだ。一人で外すのは苦労しただろう。

ルイーゼはしゅんとして頭を下げた。

「いえ、謝らないでください。私はなぜ交合したのか。それをお伺いしたいのです。……殿下は子が欲しいのですか？」

「御子は欲しいか欲しくないかと訊ねられたら、欲しいと思います。けれどもこればかりは授かりものですから、焦《あせ》ってはならないと思っています」

「……婚姻前、私は聖力があることをあなたに話しました。だから白い結婚にしたいとも。あなたも納得されたはずです。覚えておられませんか？」

「猊下がお話ししてくださったことは、すべて覚えております。精力で、わたくしを傷つけてしまうと懸念されていました」

「そうです……あなたも聖力が怖ろしくて、私を縛ったのだとばかり……」

ライナルトは溜め息を吐く。

ルイーゼはライナルトがすごく怒っているらしいと、いまさらながら気づいた。

「わたくしは何か猊下を怒らせてしまうようなことをしてしまったのですね……」

ライナルトの口調は丁寧で表情も変わらないが、言葉の端々にトゲがある。

（途中で眠ったことは謝らなくてもよいとおっしゃった。ならば、何に対して怒っていらっしゃるのだろう……）

精力が強いライナルトはルイーゼを抱いて潰すことを怖れて、白い結婚を持ちかけてきたのだと思っていた。

いくら精力が旺盛《おうせい》でも、手を縛れば抱き潰すことはできないと考えて、ロープを持参した。現にルイーゼは抱き潰されていない。成功したと言えるはずだ。

ライナルトも両手首を括《くく》る案には乗り気だった。ルイーゼに、よりキツく縛るよう命じたほどだ。

「そういえば、行為中……やめてくださいとおっしゃっていましたね」

「……ええ」

「わたくしの触れ方がいけなかったのでしょうか。強く握りすぎてしまいましたか？　それとも締めつけるなと言われたのに、上手く緩めることができなかったからでしょうか」

ルイーゼは不安のあまり、矢継ぎ早に問うた。

できるだけ気をつけてはいたのだが、緊張のあまり強く握りすぎたのかもしれない。

挿入も……初めてで、思っていたよりも苦しくて、緩めることができなかった。

「上手くできなくて、申し訳ございません」

「待ってください、違います。私はその、交合の仕方についての間違いを指摘しているのではありません」

「締めつけて、猊下に痛く苦しい思いをさせたのでは」

「いいえ、その……痛い思いをしたのは、あなたのほうでしょう」

そう言いながらライナルトは強ばらせていた顔を薄らと赤く染めた。

気遣ってくれるライナルトの優しさが嬉しく、気がかりだった質問をした。

「わたくしは平気です。猊下はいかがでしたか？　少しは気持ちよくなっていただけましたか？」

「気持ちは……よ、よかったですけれど……そうではなくて」

「気持ちよかったのですね！　安心いたしました」

男性は興奮すると勃起し、射精すると聞いてはいた。学んだとおりに実践できていたとは思うが、はっきりと「気持ちよかった」と言われてほっとする。

ルイーゼは嬉しくなって、満面に笑みを浮かべた。

ライナルトは目を瞠ってルイーゼを見つめ、押し黙った。

しばらくしてライナルトが口を開きかけた。しかしちょうど、ノックの音がして彼の言葉を遮ってしまった。

ライナルトは言葉を呑み込んだまま、現れた侍女と入れ替わるようにして部屋をあとにした。

第三章　夫婦

ルイーゼの婚姻は姉たちとは違い、降嫁ではなかった。

皇位継承権はないもののライナルトを皇族の身分にし、皇族同士の婚姻という異例の形式をとっていた。

還俗にあたってライナルトは皇帝から公爵位を授爵され、クナウストという家名を得ている。

ルイーゼはクナウスト公爵夫人になったわけだが、生活は皇女のときとあまり変わらない……いや、皇女としての公務がなくなり、暇になったくらいだった。

公爵夫人としてやらねばならぬ仕事も特に与えられておらず、ライナルトから妻としての役割を求められていない。

ルイーゼは小さく溜め息を吐いた。

初夜以降、ルイーゼはライナルトと閨をともにしていない。

ライナルトは夫婦の寝室ではなく自室で眠っているらしい。ライナルトがいないのに、一人であの広い寝台で休む気にはなれず、ルイーゼも自分の部屋で眠っていた。

「ルイーゼ様のお身体を思い、共寝をされないのでしょう」

夫として思いやってくれているのだと侍女は言う。

けれど破瓜《はか》の痛みがなくなっても、ライナルトは夫婦の寝室を使う気がないようだった。

それどころか、二人きりになるのを避けているようにも感じる。

（忙しいと聞いているけれど……）

教会内部の混乱が落ち着くまで、密かにライナルトが彼らに手を貸すと聞いていた。

組織の再編成、国内の教会への人員再配置、運営予算の見直しなど、やるべきことはたくさんあるのに肝心な人手がたりないそうだ。

ライナルトが忙しいのは事実なのだが、初夜の翌朝に交わした会話を思い出すと不安になった。

やはり言い辛かっただけで、ルイーゼとの閨事に不満があったのかもしれない。

浮かない表情のルイーゼに、侍女が心配そうな視線を向けてくる。

「ルイーゼ様。しばらくの間は退屈でしょうが、我慢してくださいませ」

ライナルトとの婚姻が決まるまでは、ルイーゼは聖堂に頻繁《ひんぱん》に通っていた。しかし今は外出を禁じられている。

ずっと屋敷に引きこもっているのは退屈だけれど、ルイーゼは己の立場をよく理解していたし、我が儘《わがまま》を言って衛兵たちの仕事を増やす気はない。

「外出ができないのは残念ですが……退屈で我慢できないほどではありません」

聖堂に行かなくとも礼拝はできるし、廊下や階段を歩けば多少の運動にもなる。

普段読まないような本に挑戦したり、裁縫をしたりして過ごすのも悪くはない。

ただ余暇がありすぎると考える時間が多くなるので、つい考えすぎてしまい不安になってしまう。

鬱々とした気分を少しでも晴らしたくなった。

「庭に出ましょう」

「お散歩ですね」

敷地外に出るのは皇帝の許可がいるが、敷地内なら自由にしていてもよいと言われていた。

屋敷を出たルイーゼは庭を見回し、思わず溜め息を吐いた。

「椅子をお持ちいたしますので、日光浴でもされますか？」

狭い庭に落胆したと思ったのか、侍女が言う。

公爵家でルイーゼに仕える侍女のほとんどは、皇宮から連れてきた者たちだ。

長く仕えてくれているだけのことはあって、ルイーゼが何かをお願いする前に察して動いてくれる。

「そうですね……お願いできますか」

侍女が持ってきてくれた木造りの椅子を木陰に置いてもらい、そこに座った。

（本当は日光浴がしたいわけでも、散歩がしたいわけでもなかったのだけれど……）

ルイーゼはただ、草むしりがしたかった。

教会の奉仕活動には、掃除や子どもたちに配るお菓子作り、教典の整理や病に伏した人々への慰問などがある。

その中でルイーゼが一番好んで行っていたのが、草むしりである。

地味な作業を嫌がる者も多かったが、ルイーゼは草むしりが好きだった。無心で草を抜いていると心が洗われ、癒やされた。

しかし屋敷の庭は、雑草の一本すら生えていなかった。

元聖王と元皇女夫婦の新居だ。庭師が毎日きっちりと管理しているのだろう。

「わたくしは、ここでしばらく日光浴をします。あなたは中で休憩をしてください」

「ですが……ルイーゼ様をお一人にするわけには」

「すぐそこの門に衛兵がいますし、何かあれば、すぐに呼びます」

門の前に二人の衛兵が立っている。異変があれば、すぐに気づくはずだ。

「わかりました。では、あちらの、ルイーゼ様が見える場所におりますので、何かございましたらすぐにお呼びくださいね」

侍女はそう言い置いて、屋敷の中に入っていく。

ルイーゼの座っている場所は、屋敷からほとんど離れていない。庭の側に嵌め殺しの窓があるので、侍女はそこで控えているつもりなのだろう。

侍女の気配が消えると、ルイーゼはゆっくりと瞼《まぶた》を閉じた。

昼過ぎの日差しは強かったが、木陰なので眩しくはない。

（今度、ここで本を読んだり、裁縫をしたりしようかしら……）

ぼんやりとこれからのことや、ライナルトについて思いを巡らす。

ライナルトと初めて会ったのは、ルイーゼが十歳を少しばかり過ぎた頃。孤児院を慰問に訪れたときだった。

その頃のライナルトは聖人の再来としての知名度はあるものの、まだ聖王の地位にはなく、聖職者としての位階も低かった。

あれから八年ほど経つが、当時も今も彼の容貌はあまり変わらない。態度も――聖職者でありながら位階が上がるごとに横柄になる者もいたが、ライナルトは聖王になってからも、謙虚で真面目なままだ。

孤児院には礼拝堂が併設されていて、二つの建物の間には広場があった。

普段は子どもたちの遊び場になっているのだが、ルイーゼが訪れたその日はバザーが開催されていた。信徒たちが持ち寄った物を売り、その利益を教会に寄付するのだ。

冬の寒さが一番厳しい頃で、雪がちらちらと降っていた。集まっている大人や子どもたちが凍えないように、広場の中央では火が焚《た》かれていた。

ルイーゼは焚き火を見るのは初めてだった。

ぼうぼうと立ち上り揺れる火や、パチパチと音を立て、空に向かって火の粉が舞う光景に見入ってしまった。

暖炉の火に比べると、焚き火は激しく、恐ろしい。

恐ろしいのに悲しい。美しく、懐かしい。不思議な気持ちになった。

「姫様。近寄っては危のうございます」

火は暖かいが、近寄りすぎれば熱くて危ない。

そんな当たり前のことに気づいたとき、突風に煽《あお》られた火がルイーゼに襲いかかった。

「姫様！」

侍女が悲鳴のような声を上げた。同時に二本の腕がルイーゼの身体を抱き上げて火から引き離す。ドスンという音とともに、ルイーゼの視界に灰色の空が飛び込んできた。

空から舞い落ちる小さな雪がルイーゼの頬を濡らす。

ルイーゼは火から守ってくれた腕に包まれ、後ろへと倒れ込んでいた。

侍女に助け起こされ振り返ると、そこには銀髪の男性――ライナルトの姿があった。

ルイーゼを抱え上げた勢いで転倒した際に頭を打ったのか、気を失っていた。ライナルトは駆け寄ってきた大人たちの手により、すぐに室内へと運ばれた。

打ちどころが悪かったらと気が気ではなかったが、ライナルトはすぐに目を覚まし、怪我もなかったと聞き、ほっとした。

日を改めて聖堂に訪れたルイーゼは、ライナルトに礼を言った。

「あなたに怪我がなくてよかったです」

彼は腰を屈めてわざわざルイーゼと目線を同じ高さにし、そう言って微笑んでくれた。

澄み渡った空のような色をした瞳に、ルイーゼは憧れを抱いた。

(猊下のお姿が見たくて……礼拝や奉仕作業に行くようになって……)

最初は不純な動機だったが、熱心に通ううちに真面目な信徒になっていた。

この婚姻も――父に命じられたからではあるが、罪なくして裁かれようとしているライナルトの命を信徒として救いたくて受け入れたのだ。

（……不純な動機も少しはあるかもしれないけれど……）

敬愛していたライナルトの妻になれるのだ。嬉しくないといえば嘘《うそ》になる。

もちろんライナルトに愛されたいとまでは思っていない。

ルイーゼは聖王だった彼を徒人にしてしまった皇帝の娘なのだ。けれど、妻として信頼を寄せられる存在になれたらとは思う。

つらつらと考えているうちに、ルイーゼはいつの間にか寝入ってしまっていた。

◇◆◇

「猊下……いえ、今はクナウスト公爵ですね」

大司祭になったばかりのヴェルマーが、ライナルトに歩み寄ってくる。白に金糸の刺繍《ししゅう》がされた豪奢な祭服の丈が長く、小柄な彼は歩きにくそうだった。

ライナルトがスサネ教の礼をとると、ヴェルマーも慌てたように同じ姿勢をとった。

「ヴェルマー大司祭、おやめください。私はもう聖王でも聖職者でもない。スサネ教の信徒の一人です」

スサネ教では信徒が聖職者に、または聖職者が自身よりも上の階級にある聖職者に礼をとる。ライナルトが聖王だったときは礼の姿勢をとるのは、神に祈りを捧げるときのみだった。

しかし今は違う。

スサネ教はライナルトが還俗し聖王ではなくなった日に、聖都タラの自治権をフィルア帝国に返上した。そして聖王の位階はなくなり、その代わりに大司祭が聖職者の最高位となった。

ヴェルマーは今その最高位にある。礼をとるべきはライナルトだ。だが、ヴェルマーは首を横に振る。

「還俗なされても、あなた様が聖人の再来であることに変わりはありませんから」

「……そのお考えは信徒たちや、他の聖職者を惑わせることになりかねません。これからはあなたが教会と信徒たちを導いていかれるのですから」

ライナルトを聖人と同一視する者も多い。還俗したからといって、すぐに切り替えることはできないだろう。だからこそ、大司祭となったヴェルマーにはきっちりと割り切ってほしかった。

「……おっしゃるとおりです。……ところで、新しい生活には慣れましたか？」

ヴェルマーは一瞬不満げに顔を歪めたが、すぐに取りなすように笑顔で話を変えた。還俗したライナルトがどのような待遇を受けているのか心配なのだろう。

「……ええ」

「何か困っていることがあったら、いつでもご相談に乗りますので」

困っていることなら、ある。

――妻が何を考えているのかわからない。

しかし、そのような相談をされてもヴェルマーも困るだろう。

「何かあったら、よろしくお願いします」

今のところは妻の件以外に抱えている問題はないので、そう答えた。

ヴェルマーはまだ話を聞きたりないようだったが、大司祭となった彼も忙しいはずだ。

ライナルトが話を切り上げると、渋々とその場を去っていった。

裏から大聖堂を出たライナルトは待機していた馬車に乗った。

衛兵たちは同乗せず、騎乗して馬車の前と後ろの警護をする。御者《ぎょしゃ》と衛兵のやり取りする声のあと、馬車がゆっくりと動き始めた。

まだ午後過ぎだ。

今日の用はすんだので、屋敷に帰るだけなのだが……気が重くてならない。

ライナルトは屋敷にいるルイーゼを思い、息を吐いた。

皇女という立場にありながらも、ルイーゼはよく奉仕作業をしていた。

手袋をはめ腰を屈めて草むしりをし、ライナルトに気づくとすぐに立ち上がって礼をとった。そしてまた腰を屈めて、草むしりを再開していた。

彼女の傍にいる侍女たちはチラチラとライナルトを見ていたが、ルイーゼはいつも地面しか見ていなかった。

(真面目なのだ……初夜のことも、彼女が真面目だからこそ、あのような真似をしたのだろう)

皇族としての義務と責任感からなのか、それとも聖人の再来であるライナルトの血を皇家に取り込むため、子を成すように皇帝に厳命されているのか。

ルイーゼの生真面目な性格からして、何かしらの理由があるに違いない。

――勝手に、締まるのですっ……。

濡れた唇の合間からこぼれた小さな声。涙を湛《たた》えた黒い瞳。

華奢な身体なのに、豊かな胸。

そして……。

ずくんと下半身が疼《うず》き、ライナルトは唇を噛んだ。

以前、女性にのめり込む信徒の悩みを聞いたことがあった。肉欲に夢中になる男の性分を愚かだと思っていたのに――。

初夜の彼女が頭にこびりついて離れない。

彼女の肌の滑らかさや息遣い。

触れられたときの悦《よろこ》びと、挿入したときの快楽。

あの行為は間違っていた。

二度と間違いはあってはならない。

すぐに忘れるべきだと思うのだが、ルイーゼの姿を見るとあの日の彼女と重ねてしまうし、寝台の上に一人で寝転んでいても触れ合った記憶が蘇《よみがえ》ってくる。

先日など、庭の柵を括ってあるロープを見ただけで、もよおしてしまった。

今まで自分で処理したことがなかったライナルトだが、性欲過多で日常生活に支障をきたしてはならないと、あれから毎晩欠かさず自慰をしている。

生理的な現象なのだ。作業的にすべきなのに……ついルイーゼの姿を回想してしまうのだから始末が悪い。

(私は……どうかしている……)

二十八年のもの間、清い身でいた反動なのだろうか。

今まで知らなかった性衝動に、ライナルトは困惑していた。


「おかえりなさいませ。猊下」

扉を開けると、真剣な顔をしたルイーゼに迎え入れられる。

最初の頃は、出迎えのたびにスサネ教の礼をとられていたが、還俗したのだからと説得して、やめてもらっていた。

「……ただいま戻りました」

「湯の支度を侍女がしてくれています。先に入浴なさいますか？　それともお食事になさりますか？　いつでもすぐに召し上がっていただけるよう、料理人に食事を調えさせております」

「……食事にします」

「そうですか。お食事の用意をお願いいたします」

ライナルトの返事にひとつ頷いて、ルイーゼは控えていた侍女に指示を出す。

「では、お食事の前に着替えをお手伝いいたします」

ルイーゼはライナルトを見上げた。彼女がクナウスト公爵夫人として、ライナルトの妻として頑張ろうとしてくれているのはわかる。けれど着替えなどルイーゼの手を借りずともできるし、できるだけ二人きりになりたくなかった。しかし侍女たちの手前、避けるわけにもいかない。

ライナルトはルイーゼとともに自室の隣にある衣装部屋に入る。

衣装部屋といっても、女性のように何着もドレスや装飾品があるわけではない。頑丈な衣装棚はがらんとしていた。

差し出された両手に、ライナルトは上着を脱いで渡す。ルイーゼは手慣れた様子で上着を受け取ると、それを衣装棚に仕舞う。

そして、代わりに部屋で着用する上着を渡された。シャツや下着は入浴のときに着替える。……もちろん、入浴のときにルイーゼの手は借りない。彼女は手伝いたがっているが、いつも断っていた。

上着に袖を通していると、ルイーゼがライナルトをじっと見つめている。

「……なにか？」

「いえ……未だに祭服姿ではない猊下を見るのは慣れなくて。新鮮な気持ちになります」

ルイーゼは真面目な顔で答える。

ライナルトはどう反応していいかわからず戸惑い、ふとルイーゼの頬が赤らんでいることに気づいた。

「殿下……顔をどうされたのです？」

「顔ですか？」

「ええ、赤くなっています」

「……日焼けをしてしまいました」

「日焼け？」

「日光浴……いえ、今日の午後は木陰の下でぼんやりとしていたのですが、いつの間にか寝入ってしまっていて。日差しが顔に……それで日焼けしたのです」

「あとで薬をお持ちしましょう」

ライナルトも肌が弱い。日に焼けると赤くなり、酷いときは皮が剝《む》けてしまう。そのため、日焼けによく効く薬を持っていた。

「少々ヒリヒリしますが、氷で冷やすので、大丈夫です」

「お部屋にお持ちします」

有無を言わせない口調で言うと、ルイーゼは少し小首を傾げて考え「ではよろしくお願いします、猊下」と答えた。

食事をすませたあと、ライナルトは塗り薬を持ってルイーゼの部屋を訪れた。

彼女の部屋を訪ねるのは初めてだ。

ルイーゼの私室はライナルトの私室と同じ間取りであった。

物が整然と片付けられていても殺風景ではなく、穏やかな色調で統一されている部屋は温かみがあり、彼女の人柄が窺《うかが》えた。

「どうぞ、中にお入りください」

「いいえ。私はまだやらねばならないことがあるのでここで」

ライナルトはきっぱりと断り、部屋の中へは一歩も入らず扉の前で塗り薬を手渡す。

本当は侍女に塗り薬を預けるつもりだったのだが、あとは休むだけだからだろう。ルイーゼはすでに侍女を下がらせていた。

「一度に全部塗るのですか？」

真剣な顔で塗り薬の入った容器を見ながら、ルイーゼはライナルトに訊いた。

ライナルトは首を横に振り、ルイーゼから容器を取る。蓋《ふた》を開けて指で白いクリーム状の塗り薬をすくい上げ、彼女の頬にそっとつけた。

「量はこれくらいですね。これを塗り広げてください」

説明しながら、ルイーゼの滑らかな頬に指を這《は》わせる。

ルイーゼの長い睫が震え、ふっくらした唇が僅かに開く。

ぞくりと腹の辺りが重くなる。

自身の生理現象に動揺したライナルトは慌てて頬から指を離し、ルイーゼの手に容器を戻した。

「塗り方はわかりましたね？」

ライナルトは己の生理現象を悟られないようにそっけなく言う。

「はい。ありがとうございます、猊下」

ルイーゼはライナルトの動揺に気づくことなく、素直に礼の言葉を口にする。

「……そういえば……私は還俗したのです。そろそろ、猊下はおやめください」

「旦那様、でしょうか？」

ルイーゼはライナルトの言葉に、首を傾げて問う。

「名前で結構ですよ」

「そんな、畏れ多いです」

「皇族であるあなたのほうが身分は上です」

ルイーゼは考え込むように黙ったあと、はにかむような笑みを浮かべた。

「では、わたくしのことはどうぞルイーゼとお呼びください。あなたの妻なのですから
……ライナルト様」
ライナルト――。
胸の奥が疼く。
聖王になってから、ライナルトと呼ぶ者は少なくなった。
久しぶりに名を呼ばれたせいか、自身の名が温かく耳に響いていた。

◇◆◇

それから三日後。
ルイーゼたちは皇家主催の夜会に出るため皇宮に向かっていた。
還俗したライナルトがクナウスト公爵として初めて出る公の場である。
二人の婚姻はすでに発表されているが、皇家がライナルトを皇族として迎え入れたこと
を貴族たちに知らしめる意味合いがあった。
ルイーゼは化粧をし、黒い髪を結い上げ、真珠の髪飾りをつけた。
ドレスはまるで婚礼衣装のごとく華やかな純白だ。婚儀を密かに行わせたのを気にして

いるのか、今日の夜会で着るようにと皇帝から贈られたドレスだった。

ライナルトは紺色の夜会服を纏い、銀色の前髪を後ろに撫でつけている。かたちのよい額と涼やかな眉が露わになっていて、見蕩《みと》れるくらい麗しかった。

ルイーゼは美しい出で立ちの夫を前にし、大きく瞬いた。

「よくお似合いです」

ルイーゼはライナルトの祭服姿が好きだった。

彼にもっとも似合うのは祭服に違いないと思っていたが——それは大きな間違いだった。貴族服も、今日の夜会服も、初夜のときのような軽装も、すべてが神々しく素敵なのだ。

「私は夜会が初めてなので……あなたに迷惑をかけるやもしれません」

ライナルトは珍しく緊張した面持ちで言う。

「ご安心ください。わたくしが妻として責任を持ってエスコートいたします」

胸を張って言うと、ライナルトは微苦笑した。

今日の夜会は、皇宮の大広間が会場になっていた。

いつも以上に厳重に警備しているのか、衛兵の数が多いように感じられる。

大広間に足を踏み入れると、ルイーゼとライナルトに視線が集まった。

皇女であったときも衆目《しゅうもく》を集めていたが、今夜は様々な感情が入り混じっているように感じた。

二人を祝福する優しげな視線もあれば、婚姻に不満を持っているのだろう、忌々《いまいま》しげな視線を向けてくる者もいる。

女性からの視線は嫉妬のこもったものもあったが、ルイーゼと同じく、たんに夜会服姿のライナルトに見蕩れている者も多かった。

「あちらに陛下がいらっしゃいます。まずは挨拶にまいりましょう」

ルイーゼはライナルトの腕に軽く手をかけ、彼を誘導する。

水が引くように、二人が進む方向にいる人々が道を空けていった。

「クナウスト公爵」

皇帝がよく通る声でライナルトの新たな名を呼んだ。

「今夜はお招きいただき、ありがとうございます」

「よく来てくれた。ルイーゼも。よく似合っている」

「ありがとうございます。陛下」

父がライナルトのことを……ライナルトが父のことを本心ではどう思っているのか、ルイーゼは知らない。悪感情を持っているのか、あるいは利用しようと隙を窺っているのか。

彼らには互いに背負うものがあり立場があった。

ルイーゼは言うなれば、国に安寧をもたらすための駒だ。

皇帝にとってもライナルトにとっても、役立つ駒でありたい。そして、できることなら二人を守れたらよいと思う。

「わたくしが嫁ぎ、寂しくはありませんか。陛下」

みなが聞き耳を立てている中、父と言葉を交わす。

「寂しいとも。しかし、クナウスト公爵がそなたを大切にしてくれているなら、喜ばしい。世間知らずな娘だ。迷惑をかけてはいないだろうか」

「世間知らずなのは、私も同じです。ルイーゼにはいつも助けてもらっています」

ライナルトはそう言って、小さく微笑んだ。

父とライナルトにそれぞれ思惑があったとしても……優しい言葉の中に真実があれば嬉しいと思う。

挨拶をすませると、ルイーゼはライナルトをダンスに誘った。

「……ダンスの経験がありません」

「ならば隅のほうにまいりましょう」

二人が主役の夜会だ。本来なら目立つよう中心で踊らねばならないが、初心者のライナルトは緊張をするだろう。

ルイーゼは広間の端へ誘導すると、流れてくるワルツの調べに合わせライナルトの滑らかな手を取った。

ライナルトはぎこちなく足を動かすのが精一杯のようだ。ダンスの経験がないのだから仕方がないと思うが、落ち込んでいるのか表情が暗い。

「練習したほうがよいですね……」

「これからも夜会には出席せねばならないでしょうから。そうですね、練習いたしましょうか。猊下……いえ、ライナルト様の時間が空いているときに、わたくしがお相手いたします」

「あなたを練習に付き合わせるわけには……」

「わたくしはあなたの妻なのですから。遠慮なさらないでください」

むしろ他の女性を相手に練習されるほうが嫌な気持ちになりそうだ。

「クナウスト公爵」

ワルツが終わるのを見計らったかのように、皇帝がライナルトを呼んだ。

周囲には臣下である貴族たちや、縁戚の皇族たちがいた。公爵になったライナルトを改めて彼らに紹介し、親密さを見せつけておきたいのだろう。

「行ってらっしゃいませ」

紳士たちの中に交じるわけにはいかない。ルイーゼはライナルトを送り出す。

ライナルトと離れると、ルイーゼが一人になる機会を窺っていた令嬢たちが、我先にと側に寄ってきた。

顔見知りの令嬢たちばかりなので、ほっとしたのだが――。

「羨ましいですわ！　猊下……いえ、クナウスト公爵様と結婚できるなど！」

「ルイーゼ様。幸せをみなに分けてくださらないと！」

「そうです。ぜひ！　わたくしたちにも喜びをくださいませ！」

「よ、喜び……？」

頬を上気させた令嬢たちに血走った目で言われ、ルイーゼはたじろぐ。

幸せを分け、喜びを与える。

具体的に何をすればいいのかわからない。

「猊……クナウスト公爵様は！　婚姻後はどのような振る舞いをなされるのです？」

「どのような格好で、お眠りになるのですか？」

「お食事は……お好きな食べ物とかあるのかしら？」

彼女たちは聖王として信徒の前に立つライナルトしか知らない。……ルイーゼもつい最近まで聖王である彼しか知らなかったのだが、今は彼女たちよりも少しだけライナルトについて詳しい。

「……聖王であられたときと変わらず、振る舞いは紳士的です。お眠りになるときは軽装ですね。お食事に好き嫌いはないようです」

夫になったからといって横柄《おうへい》になったりはせず、口調も態度も丁寧だ。眠っているときの格好はわからないが、初夜のときは白いシャツにトラウザーズ姿だった。

東方の宗教には禁忌とされる食材があるそうだが、スサネ教では食事について制限はない。しかし作法……肉や魚など、殺生で得た食材を口にするときは、食事の前に祈りを捧げなければならなかった。

食前の祈りの言葉は、その席でもっとも位の高い者、もしくは年上の者が口にする決まりだ。婚姻前、ルイーゼは一人、もしくは父と二人で食事をしていた。二人のときは、父が祈りの言葉を捧げていた。

婚姻してからはライナルトと食事をともにしている。

還俗したがライナルトはスサネ教の信徒だ。肉や魚を使った食事を取るときは必ず祈りを捧げていた。

食前にライナルトの低いけれどよく通る美声を聞いていると、彼が大聖堂で説教をしていたときのことを思い出し、不思議な気持ちになる。

大聖堂の天井は高く、優美な曲線を描いていた。奥には祭壇があり、その背後には聖人を描いた宗教画があった。

祭壇の前でライナルトは信徒たちに説教をし、神に祈りを捧げていた。

白い柱が並ぶ合間には鮮やかな色彩のステンドグラスがあって、祭壇にいるライナルトの銀髪に淡い色を乗せる。その神秘的な姿に魅了された者も多くいたはずだ。

目の前にいる令嬢たちも、きっと魅了されていたのだろう。ライナルトの話をする彼女たちの瞳は、うっとりとしていた。

「羨ましい……。ですが、あの方がいつも傍にいるなんて……緊張してしまいますわね」

「ええ。あの方の前ではあくびをするのも、くしゃみをするのも恥ずかしいわ。気が抜けなくて、疲れてしまいそう」

ルイーゼは心の中で同意する。確かに尊敬する人の傍にいると緊張してしまう。

「その点、ルイーゼ様はいつもしっかり、きっちりなさっているから、心配はいりませんわね」

元皇女として、常に振る舞いには気をつけている。

しかし、あくびは嚙み殺せても、くしゃみを我慢するのは難しかった。一度ライナルトの前で、くしゃみをしてしまったが、特に何も言われなかったし、不愉快そうな顔もされなかった。失望されてはいないと思う。

「ライナルト様は……お優しいので、そのようなことでお怒りにはなりません」

彼の名誉のために否定をすると、令嬢たちは一斉に目を輝かせた。

「ライナルト様ですって！」

「ああ〜、本当に羨ましい。あのお方のお名前を呼べるなど」

「新婚ですものね。熱々ですわ！」

「アツアツ……」

ルイーゼが呟くと、真向かいにいた令嬢がにんまりと微笑んだ。

「熱々の、いちゃいちゃですわよね。ふふっ」

キャーと令嬢たちが騒ぎ立てる。

「いちゃいちゃの、アツアツ……？」

「ふふふ。あの方もまだお若いもの。きっと毎夜……」

「聞きたいような。聞くのが腹立たしいような」

いちゃいちゃのアツアツというのは、おそらく性行為のことだろう。

新婚はやはり毎夜、いちゃいちゃのアツアツをするのが普通なのだ。

初夜から十日以上も触れ合いがなく、夫婦の寝室への誘いがないのは、やはりおかしいのだ。

（わたくしのやり方が間違っていたのか……それとも……）

精力を気にして、遠慮しているのかもしれない。夜、ライナルトの自室に忍び込み、ロープで縛って差し上げるべきか……と考えていたときだ。

「あの方も……恩のある司祭様の助命と引き換えに、還俗と婚姻を受け入れたのだから思うこともおありでしょうに。本当に心の広いお方です」

ふうと溜め息を吐きながら、隣にいる令嬢が言った。

「司祭様の助命と引き換え……？」

「あら。ルイーゼ様。ご存じなかったのですか？　それは失礼を」

居心地の悪い沈黙が流れる。他の令嬢たちはチラチラとルイーゼの顔色を窺っていた。

そこへライナルトのよく通る美声が響く。

「ルイーゼ。お待たせしました」

「ライナルト様……」

「どうかいたしましたか」

困惑気味のルイーゼに、ライナルトが心配そうに声をかけてくる。

「お邪魔をしたら申し訳ないですから、私たちは失礼いたしますわ。行きましょう」

助命の話をした令嬢が、他の令嬢たちを促して立ち去った。

（もしかして……陛下は司祭様の命を、ライナルト様への脅しに使ったのかしら……）

ライナルトは保身を考えるような人ではない。だから教会と信徒のために、ルイーゼとの婚姻を受け入れたのだと思っていた。

けれど皇帝が政治の駒のひとつとして都合よくライナルトを動かすために、彼にとって大切な人を人質にし、還俗と婚姻をさせたのだとしたら――。

（そうならばライナルト様は……わたくしに悪感情を持たれているかもしれない）

けれど、ライナルトは「精力が強い」という秘密をルイーゼに明かしてくれた。

悪感情を持たれていたとしても、秘密を明かしてもらえるくらいの信用は得ることができているのではないだろうか。秘密、それも性的な秘密は、なかなか人に話しにくいものであるし……と考えて、ふと思う。

（……もしや、精力というのは性的な能力や欲望ではなく、その言葉のとおり、精神的な力のことをおっしゃっていたのでは……？）

精神力が強いとなぜ人を傷つけてしまうのかはわからないけれど。

「ルイーゼ？」

ライナルトに声をかけられて、ルイーゼははっと我に返った。

考え込んでいる場合ではない。周囲の目もある。令嬢たちと談笑したあとに悩み顔を晒していたら、おかしな詮索《せんさく》をされかねない。

「なんでもありません。ライナルト様」

ライナルトは気遣わしげに、ルイーゼの手を取った。

「お疲れではないですか？」

「いいえ、大丈夫です」

ルイーゼは小さく微笑み返す。

初めての夜会に緊張しているのはライナルトのほうなのだから、慣れているルイーゼが支えなくてはと気合いを入れ直した。

さりげなくライナルトを誘導し、人波を縫うようにして広間を進む。

再び皇帝の元へ行き、皇太子夫婦や遅れて夜会に現れた姉夫婦らと挨拶を交わし談笑をした。ルイーゼは夜会に出席している貴族たちだけでなく、兄や姉たちの前でも円満な夫婦に見えるよう気をつけた。

そろそろ夜会を失礼してもいい頃合いだろうと判断し、ライナルトとともに大広間をあとにする。

大広間の入り口を出て、ライナルトにエスコートされて階段を下りているときだった。

「聖王猊下！」

甲高い声で叫びながら、夜会服を纏う痩せ細った男が柱の陰から姿を現した。

ライナルトがとっさにルイーゼを引き寄せ、自身の背に庇《かば》う。

「なぜですか！　なぜ、猊下が還俗など……っ」

ライナルトの広い背中に守られているため、ルイーゼには叫んでいる男の姿は見えない。

しかし、奇妙に上擦った高い声に、ドッと嫌な汗が出る。

近くにいた衛兵たちが駆けつけた。

ライナルトは衛兵のほうへルイーゼの肩を強めに押した。意図を察した衛兵たちは、すぐにルイーゼを守るために取り囲む。

「……っ」

ルイーゼは痩せ細った男の手にナイフが握られていることに気づき息を呑んだ。

衛兵たちが剣を抜こうとするのをライナルトは片手を上げて制止すると、おもむろに銀色の刃を向ける男へ向かって一歩踏み出した。

「還俗は私の意思です」

緊迫した空気の中、ライナルトの落ち着いた声が響く。それに対して、刃を向ける男は甲高い声で喚《わめ》き立てた。

「違う！　あなたは皇帝に脅されているのでしょう!?　今ならばまだ間に合います！　皇帝を殺し、あなたが真の王になるのです！」

「世迷い言を……。枢機卿の妄言に踊らされましたか、ホフマン伯爵」

ライナルトが男の名を呼んだ。

名を聞いてルイーゼも薄らと、男の顔に見覚えがあることに気づいた。確かふくよかな男性だったと記憶している。だが今は痩せ細り、血色も悪い。

（熱心な信徒で、教会に私財を擲《なげう》って献金をしていると耳にしたことがあるけれど……）

もしやホフマン伯爵は枢機卿一派に荷担していたのだろうか。

ライナルトに危害を加えるつもりはなさそうだが、興奮すれば何をするかわからない。

だというのに――ライナルトは穏やかな表情を浮かべ、ホフマン伯爵に近寄っていく。

「ライナルト様っ」

ライナルトの行動を止めようとルイーゼは彼の名を呼ぶ。すると、ホフマン伯爵は血走った目をルイーゼに向けた。

「売女がっ！　聖王猊下の名を気安く呼ぶでないっ！」

ホフマン伯爵は怒鳴りながら、ルイーゼのほうへ足を踏み出す。興奮のあまり、ルイーゼを守る衛兵の姿も見えていないようだ。

「動かないでください」

　ライナルトの低い声が辺りに響く。

　抑揚のない静かな声に圧され、ホフマン伯爵だけではなく、その場にいる者はみな、動くことができなくなる。

「ホフマン伯爵。あなたは枢機卿に騙《だま》されていたのです」

「だま……されて……？　騙されてなどおりません……猊下こそ、皇帝に騙されているのですっ！」

「あなたたち信徒から集めた献金を、枢機卿は私利私欲のために使っていました。枢機卿の悪事は公のもとに裁かれました。あなたもご存じでしょう」

「違うっ！　あれは捏造されたものです！」

「あなたも本当は気づいていたはずです。疑っていたのではないですか？」

「疑ってなどっ！」

「いいえ。疑っていたはずです。なぜこれほどまでに献金を要求されるのか。本当にこの金は教会の運営資金に回されているのか、と。皇帝に手をかけようとするなど……スサネ教の戒律に背いている行為だと、わかっておられたでしょう？」

「ちがうっ……計画は、乱れた世を正すために行うのだと……聖王猊下こそが、国を治めるに相応しいと……」

ライナルトに諭《さと》すように語りかけられ、ホフマン伯爵は次第に先ほどまでの威勢を失っていく。一歩一歩ゆっくりと歩み寄るライナルトを前に、ホフマン伯爵はぶるぶると震える手でナイフを向けたまま戸惑うように視線を揺らした。

「私は枢機卿の行いを知りながらも何もできなかった。長年、枢機卿の傀儡……言いなりだったのです。皇帝陛下は……何もできなかった私の代わりにあなたたちを救ってくださった。あなたを苦しめていたのは、陛下ではなく、むしろ私のほうだ。怒りをぶつける相手を間違えてはなりません」

ナイフの切っ先が夜会服に触れる距離まで近寄ると、ライナルトはホフマン伯爵の手にそっと触れる。

ルイーゼが声にならない悲鳴を上げて駆けつけようしたとき――カタンと音を立てナイフが地面に転がった。ホフマン伯爵が崩れ落ちるようにして、その場に蹲《うずくま》っている。

「私は……猊下……っ……うう……」

ホフマン伯爵は嗚咽《おえつ》を漏らす。その姿をライナルトの空色の瞳が見下ろしていた。ライナルトの感情のない横顔に、ルイーゼは無性に不安になった。

「……ライナルト様……」

ルイーゼが呼びかけると、ライナルトは振り向いてくれた。名を呼び振り返るのは当たり前なのに、ほっとした気持ちになった。

「もう大丈夫です……しかし、解放するわけにはいかないでしょう」

ライナルトの言葉を合図に、衛兵たちがホフマン伯爵を拘束した。

「あなたは馬車で先に帰っていてください。私は彼を放っておけません」

「ですが」

騒ぎを聞きつけたのか、大広間から様子を見に出てくる人影がちらほらあった。

事態を早く収束せねばならない。ごねてライナルトや衛兵の手を煩《わずら》わせている場合ではなかった。

「……わかりました。お帰りをお待ちしています」

「遅くなるやもしれません。お休みになっていてください」

「いえ……お待ちしています」

ルイーゼはこの場にライナルトを残し、衛兵に警護され屋敷へ戻った。


空が白ばみ始めた頃。

ルイーゼが普段着のドレスに着替え、長椅子で身体を休めながら帰りを待っていると、家令がライナルトの帰宅を告げに来た。慌ててライナルトの部屋に向かう。

「起きておられたのですか」

ルイーゼの姿にライナルトは目を瞬かせた。

「お待ちしているとお約束いたしました」

「……遅くなって申し訳ございませんでした。今回の件はホフマン伯爵単独の犯行で、組織的なものではありません。今まで通りに過ごしてかまわないとのことです」

ライナルトはルイーゼが事件を気にし、寝ずに待っていたと思ったのだろう。丁寧に事の経緯を説明し始めた。

妻と跡継ぎを不慮の事故で亡くしたホフマン伯爵は、気病みになったところを枢機卿たちにつけ込まれたらしい。財産のほとんどを献金させられ、情報収集などで枢機卿一派にずいぶんと利用されていたようだ。情状酌量《じょうじょうしゃくりょう》の余地もあり懲役刑は免れそうだが、爵位は剝奪されるだろうとのことだ。

それらを話すライナルトの表情は暗い。

「ホフマン伯爵をあそこまで追い詰めたのは私です。私が枢機卿たちの裏の顔に気づかず言いなりになっていたせいだ。もっと早くに気づき、枢機卿たちを諫めていれば……」

ライナルトは、はっとしたように言葉を止めた。

「すみません……。つまらない愚痴を。ホフマン伯爵にどんな事情があれ、彼は刃物を手にしたのです。何があってもおかしくなかった。あなたに怪我がなくて、本当によかったです」

ルイーゼは手を伸ばし、ライナルトの夜会服に触れる。ちょうど、ホフマン伯爵の持っていたナイフの先が当たっていた部分だ。

「ルイーゼ？」

「怪我は……ないのですね」

「え？　ああ……ナイフが触れただけです。衣服も切れていません」

「どうして……あのような危険な真似をなさったのです。一歩間違えば、大変なことになっていました。なぜ衛兵たちに任せなかったのですか」

ホフマン伯爵を説得するためとはいえ、ナイフを手にしている相手に近寄るなど危険が過ぎる。先ほどの光景を思い出し、ルイーゼの指が震えた。

「もしかしたらホフマン伯爵のように、枢機卿一派に荷担していたにも拘らず、捕まっていない者もいるかもしれません。あなたの護衛も増やすようにお願いしているので、安心してください」

震える指を見て、ルイーゼが怖がっているとでも思ったのだろうか。ライナルトはルイーゼを安心させるように微笑んだ。

ルイーゼはもどかしさを感じ、首を横に振った。

「わたくしは、わたくしの心配をしているのではありません。あなたの心配をしているのです」

ライナルトはルイーゼの言葉に目を瞠る。自分が心配されるなど思ってもいなかったような表情にもどかしさが増した。

「もう、あなたは還俗されたのです。だというのに、あのように諭すような真似をなさらずとも……」

ルイーゼはライナルトの感情のない空色の瞳を思い出し、言い淀んだ。

あのときライナルトは、神に身を捧げる殉教者《じゅんきょう》のごとく静かな目をしていた。

ライナルトが逃げるどころか怯えもしなかったからこそ、ホフマン伯爵の洗脳じみた思い込みが解けたのだろう。ホフマン伯爵が己の行動を悔いたのは、ライナルトの対応のおかげだ。

けれど――ライナルトはもう聖王ではなく、聖職者でもないのだ。相手が信徒だからといって、自らを危険に晒してまで救う義務はないはずだ。

（わたくしの夫なのに……）

そう考えて、ルイーゼは己の思い上がりに気づく。

ライナルトは望んで還俗したわけでも、ルイーゼの夫になったわけでもない。

――猊下も……司祭様の助命と引き換えに、還俗と婚姻を受け入れたのだから、思うこともおありでしょうに。本当に心の広いお方です。

夜会で耳にした言葉が頭をよぎった。

婚姻は不本意なもので、ライナルトの心は未だ聖職者で聖王なのだ。信徒よりもライナルト自身を大事にしろなどと、的外れな言い分で責めるのは間違っている。

「いえ。還俗はライナルト様の御意志ではなく、陛下のご命令でした。ライナルト様が聖職者として、人々を救おうとする崇高なお気持ちに水を差すようなことを……失礼いたしました」

白い結婚を望んだ理由も……精力が強いせいだと言っていたが、本当はやはり皇帝の娘であるルイーゼを嫌っているだけなのかもしれない。

（これから……少しでも好きになってもらえるだろうか……）

ライナルトの妻になるべく懸命に努力を重ねることはできても、身体の中に流れる血を変えられるわけではない。ルイーゼが皇族なのは、生涯変わらぬ事実なのだ。

「還俗は……聖王の座から下りることは、私の望みでした」

気落ちして俯いていると、穏やかな声が降ってくる。顔を上げると、穏やかな眼差しがルイーゼを見下ろしていた。

「ルイーゼ。私はあなたが思うほど清廉な人間ではないですし、崇高な志《こころざし》を持ってもいません。ホフマン伯爵に私が枢機卿たちの傀儡であったと言ったのを、あなたも聞いたでしょう？　あれは彼を落ち着かせるためではなく、真実です」

ライナルトは聖王に選ばれたときから――いやそれ以前から彼らの傀儡だったことを淡々と口にした。

「正せる立場にあったのに、私は彼らの言いなりになっていた。私も枢機卿たちと同罪です。皇帝陛下の命により還俗をし、処罰されずに過ごしていますが……信徒たちに恨まれて当然の行いをしてきました」

ライナルトは十歳のとき洗礼を受け、教会で育ったと聞く。

聖人の再来といわれる彼は、皇宮で育ったルイーゼよりも大切に扱われていたはずだ。教会の閉じられた世界では、枢機卿たちの教えは絶対で、疑う機会すら与えられなかったのではないだろうか。

無垢で無知なまま、命令に従う人形であれと育てられたのだとしたら――。

無知であることは罪だ。

ライナルトにも咎があり、彼を責める者もいるだろう……けれど。

「民は愚かではありません。聖王という最高位にあったあなたの責任や罪もきちんと理解していたはずです。それでも多くの者たちがあなたの身を案じ、助命を願ったのです」

聖王という立場にありながら、ライナルトは枢機卿たちを御することができなかった。そうと知っても民がライナルトを助けたいと思ったのは、彼の献身的な姿を見てきたからだ。多くの人々は彼の清廉さを疑わず、潔白を信じた。

「ライナルト様はいつも信徒に寄り添っておられました。他の高位の聖職者が姿すら見せない奉仕活動にも顔を出し、嫌な顔ひとつせず、信徒たちとともに汗を流されていた。死の病に伏した者を見舞い、その命が尽きるまで手を握っていらしたとも聞いています」

ルイーゼが知らぬだけでライナルトに救われた信徒は大勢いるだろう。

枢機卿一派が捕まったとき、彼らを庇う民はほとんどいなかった。それどころか「やはり」と呆れる者のほうが多かったのだ。ライナルトの為人《ひととなり》と比べるべくもない。

「……私は以前、とても大きな罪を犯しました。私がしていたそれらの行為は、たんなる贖罪です。人から賞賛されるべきものではない」

低い声で言うライナルトに、ルイーゼは首を横に振った。

「たとえ贖罪であろうとも、救われた人がいるという事実に変わりはありません」

ルイーゼは十歳のとき、突風に煽られて勢いよく燃え上がった火から、ライナルトが庇ってくれた話をした。

「あなたが助けてくださらなければ、わたくしは大怪我をしていたでしょう」

ドレスに火がつけば……きっと恐ろしい事態になっていた。

「……幼い少女が危険な目に遭いそうになっていたら、私でなくとも誰だって助けるはずです」

「そうかもしれません。ですが、わたくしを救ってくださったのは、他の誰でもない、ライナルト様ただお一人でした」

「……ルイーゼ」

「ライナルト様が過去の行いを悔いて、ご自分をお責めになるお気持ちはわかります。けれども、あなたの助命を願ったわたくしたちのためにも、命を軽んじることはおやめください」

まっすぐ見上げて言うと、ライナルトは居心地が悪そうに目を逸らす。

聖王の立場にあったライナルトに対し、偉そうな発言をしてしまったとルイーゼは我に返る。ライナルトの卑下するような態度に、ついムキになってしまった。

思いを押しつけたいわけではない。けれど、彼に自分自身のことも大事にしてほしい。

そう願う気持ちを撤回するつもりはなかった。

「私は……」

ライナルトは朝陽が差し込む窓へ視線を向け、口を開く。

ルイーゼは急かさず、彼の言葉の続きを待った。ライナルトが何かとても大切なことを話そうとしてくれているように思えたからだ。

しかし、ライナルトはしばらくの沈黙のあと「あなたも疲れたでしょう。休みましょう」と、話を変えた。「私も疲れました」と言われてしまうと、詮索するのは憚《はばか》られ、促されるまま自室に戻るしかなかった。


ルイーゼが自身の部屋に戻り、一人きりになったライナルトは深く溜め息を吐いた。

私は――。

そのあとの言葉を……自分は殺人者なのだと、続けることができなかった。

母を手にかけた親殺しであると、ルイーゼに打ち明けられなかった。

聖人の再来といわれているが、ライナルトの心根は聖人とはほど遠い。

自分は清廉潔白ではないと主張したいのなら、過去の罪を告白すればいいだけだ。

そうすれば誰もがライナルトに失望し、制御できない聖力を怖れ、忌み嫌うようになる。

（結局のところ……みなから失望されるのが嫌で、枢機卿の言いなりになっていただけかもしれない）

崇高な志や、純粋な信仰心などない。

保身の塊で、ただ嫌われるのが怖いだけの愚か者なのだ。

ライナルトが幼少時に住んでいた集合住宅には、貧しい娼婦が多く暮らしていた。

部屋は古く、冬になると隙間風が入り込み、夏は床に虫が這った。

夜になると薄い壁の向こうから、女の悲鳴のような声が聞こえてくる。

子どもがいてもおかまいなしに男を部屋に招き入れる娼婦もいたが、母はライナルトのいる部屋では決して仕事はしなかった。夜の街へ客を探しに出掛け、朝に帰ってくる生活を送っていた。

幼い頃のライナルトには母しかいなかった。

昼は母と二人で過ごし、夜は一人で毛布にくるまって眠り、明け方に母が帰ってくるのを待っていた。

母から夜はもちろんのこと、昼でさえも部屋から出ることを禁じられていた。

そのためライナルトは自由に外で遊んだ経験もなければ、母以外の人間と会話した覚えもなかった。

禁じた理由を母は説明しなかったが、おそらくライナルトが見せる『おかしな力』を周囲に知られたくなかったのだろう。

流民の母にはかつて家族がいて、恋人もいた。だが美しい容貌をしていたがゆえに事件に巻き込まれた。誰が父親かもわからぬ子を孕む羽目になり、恋人だけでなく家族からも捨てられてしまったのだという。

「あんたを産んだせいで、家族に捨てられ、男にも逃げられた！　あんたのせいで！」

不機嫌な日は、娼婦に堕《お》ちたのも、貧乏なのも、客の質が悪いのも……すべての不運をライナルトのせいにして、怒鳴りつけていた。

そしてライナルトが『おかしな力』でよく物を壊すことにも、母はいつも苛立《いらだ》っていた。

「また物を壊したの！　気味の悪い子！　もう、いいかげんにして!!」

ライナルトが『おかしな力』で何かを壊すのは、ほとんどが眠っているときだった。

怖い夢を見て魘されると、ガラスコップや鏡など、割れやすいものにヒビを入れてしまう。母の収入からすれば高価なものだったのも、腹を立てる理由だった。

「あんたがいなければ、私の暮らしも楽だったのに！」

壊れるたびに買い直さねばならず、母はライナルトの頭を小突いては怒っていた。

ライナルトは彼女にとって、忌まわしいお荷物だったのだ。

邪魔な子どもなど捨てればよかったのに、母はいくら腹を立ててもライナルトを捨てなかった。

そうしてライナルトが十歳になったある日。

仕事から帰ってきた母が、酔っ払って酒瓶を壁に投げつけた。酒瓶は大きな音を立てて割れ、その破片が近くにいたライナルトの足に刺さった。ざっくりと切れた傷からはおびただしい量の血が流れた。

ライナルトが風邪を引いて高熱を出しても「金がかかる」と医者に診せたこともなかったというのに、怪我をさせたことを悪いと思ったのか、それとも血が止まらなくなり怖くなったのか。母はライナルトを抱えて町医者に連れて行った。

そしてその町医者が、ライナルトの身体にある〝聖人の痣〟に気づき、教会に報告をするのだ――。

そこからの記憶はおぼろげだ。

暖炉の中でパチパチと燃える火。肌に触れた熱――。

火傷《やけど》の痛みに苦しんでいると、「ごめんなさい」と謝る母の声が聞こえてきた。

そして薄らとした断片的な記憶は完全に途切れ、唐突に教会での生活が始まる。

ライナルトが戸惑っていると、顔の半分を包帯で覆うヴェルマーと名乗る聖職者が経緯を丁寧に説明してくれた。

町医者から報せを受けたスサネ教の聖職者たちは、母子の住む集合住宅を訪れた。ちょうどそのとき、母が子に焼き鏝を押していた。そして恐怖と痛みで我を失ったライナルトは『おかしな力』を解放してしまったのだという。

『おかしな力』は母と居合わせた聖職者たちを殺害し、命こそ無事であったが、ヴェルマーの顔の半分がライナルトによって傷つけられたのだ。

そして、ライナルトはスサネ教、聖人、聖力について教わり、自身の『おかしな力』が聖力だと知った。

ライナルトが聖力を知らなかったように、ライナルトの母もまた流民で文字を読めなかったため、スサネ教を知らなかった。ライナルトの身体にある痣が聖人の証だということも、知らなかったはずだ。

その母がなぜ焼き鏝で痣を消そうとしたのか。ライナルトにも、もちろんヴェルマーにもわからず、理由は謎のままだ。

聖人の証である痣は、焼き鏝によって醜い火傷の痕に変わってしまった。

だというのに、聖職者たちは聖力が起こす奇跡を見たからか、ライナルトを聖人の再来として崇めた。

――その奇跡は〝無差別な殺人〟であったというのに。

「ライナルト様。心を惑わせてはなりません。怒ってはなりません。怒れば、多くの者があなたのせいで死に至るのです。あなたの母親もそうして亡くなった。大罪を犯したあなたが救われるには、教会に身を捧げ、神に真摯に祈るしかありません」

母の死に呆然とするライナルトに、ヴェルマーは何度も繰り返しそう諭した。

読み書きを教えてくれたのもヴェルマーだった。

一般常識を学び、教典を読み、祈りを捧げ、奉仕活動に参加する。

清潔な衣服、質素ではあるが温かな食事。

叩かれも、怒られもしない。

震えるほど寒くもなければ、目眩《めまい》がするほどの空腹感もない。

教会に来てからの日々は、母と暮らした十歳までの生活とはまるで違っていた。

しかし変わらないこともあった。幼い頃は母の機嫌を窺っていて、教会に来てからは周りの大人たちの顔色を窺っている。

ライナルトの『おかしな力』は聖力と名付けられたことで、より不可思議なものになった。自身の力が怖くて仕方がなく、ライナルトはヴェルマーの教えを守り、心を揺らさないよう気を張って日々を過ごした。

聖力がこの身から消えないように、たとえどれだけ神に祈ったところで、己の犯した罪は決して消えはしない。

ライナルトは生ある限り、人殺しで親殺しなのだ。

今も重くのし掛かる大罪をルイーゼに打ち明けられない己の弱さが、ライナルトは疎ましかった。

第四章　心の傷

夜会の翌日。

明け方近くまでホフマン伯爵襲撃の取り調べに付き添い、疲れていたせいか、ライナルトが目を覚ましたのは昼前だった。

身支度をして、神に祈りを捧げる。スサネ教の聖職者は、起床時と就寝時に祈るのが日課だった。ライナルトも聖職者になってからは、一度も欠かさず続けていた。

還俗したのだから、無理に続ける必要もなかったが、習慣になっているので今のところやめるつもりはない。

ここ最近忙《せわ》しなかったので、今日の予定は空けていた。たまにはゆっくり読書でもして過ごそうと思っていたが、ルイーゼに「ダンスの練習をいたしましょう」と誘われ、昼食後に大広間でダンスのレッスンを受けることになった。

ライナルトは人生でダンスが必要になるなど想像すらしていなかった。

夜会でのダンスはルイーゼのおかげでどうにかかたちにはなっていたが、優雅に踊れたなどとは口が裂けても言えない。

夜会に出席する機会は今後もあるだろう。ルイーゼに恥をかかせない程度には踊れるようになっておかねばならぬと思う。

「右手はここに軽く添えるように。けれど決して動かしてはなりません」

ルイーゼの指示に従い身体を動かす。

華やかな社交界は、本来ならば聖職者には縁のない場所だ。

煌《きら》びやかな淑女たち。漂ってくる甘やかな香水の香り。

紳士たちは駆け引きの遊戯《ゆうぎ》に興じ、時として知識をひけらかす。

夜会では皇帝の隣に立ち、招待された高位貴族たちや、大臣たちに挨拶をした。

見知った者も多くいたが、聖王であったときと、皇女の夫である現在とでは彼らの態度がまるで違った。

ライナルトに取り入ろうとする者。見下す者。人の感情は様々だ。

聖王となったときにも思ったことだが、貧しい娼婦の子だった自分がまさか皇族になるとは――。

(私がこうなると知っていたら……母はもっと大事にしてくれただろうか)

「ライナルト様？　お疲れなら休憩いたしましょうか」

考え事をしていたため動きが鈍ったのだろう。ルイーゼが下からライナルトの顔を覗き込み訊ねてくる。

「いいえ。疲れてはいません。続けましょう」

「わかりました。ではライナルト様、わたくしの足の動きを見ていてください」

ルイーゼは熱心に指導してくれる。

ライナルトはどちらかといえば、物覚えがいい。

幼い頃まともな教育を受けていなかったというのに、教会で暮らし始めてすぐに読み書きを習得したたし、教典も暗記した。

奉仕として新たな作業を始めるときも、教えられればたいていすんなりと上手くこなせた。ダンスもすぐに習熟できるだろうと思っていたのだが。

「……すみません」

「動きはたいそう鈍い……いえ、ぎこちないですがライナルト様は姿勢がよろしいので、それなりに上手に見えるはずです。ダンスで大事なのは、まずは姿勢です」

褒めているのか、けなしているのか。ルイーゼは真面目な顔で言う。

「背中がまっすぐでないと、見栄えがしませんから」

ルイーゼはライナルトの背後に回り、首から背中、そして腰まで掌を這わせた。

「……っ」

ルイーゼはただライナルトの姿勢を確かめただけなのだろう。

淫靡《いんび》な触れ合いでは決してない。

だというのに、初夜以降密かに性的欲求を抱えていたライナルトは、ルイーゼの手の動きに思わず反応してしまい前屈みになった。

「いけません、ライナルト様。背を丸めた姿勢では、いくら淀みなくステップを踏んでいても、ダンスが下手に見えてしまいます。こう、しゃきっと背を伸ばしてくださいませ」

ルイーゼはライナルトの腰に手を宛てがい、もう片方の手でライナルトの尻をぐっと前に押し込んだ。

二十八年間。ルイーゼと閨をともにする……いや、ロープで縛られ強制的に性行為をさせられるまで、ライナルトは自瀆《じとく》すらしたことがなかったのだ。

知ったばかりの快楽、刺激に弱いのは仕方がない。

「うっ、あっ……」

ライナルトは思わず、甘い声を漏らしてしまった。

唇を噛みしめ弾んだ息を呑み込むが、傍にいたルイーゼには聞こえたであろう。

「ライナルト様？」

背後にいたルイーゼがライナルトの様子を確かめようと正面に来る。

ライナルトは羞恥《しゅうち》からルイーゼと視線を合わすことができない。何か適当な理由を言ってこの場を去ろうと考える。

「ライナルト様。もしかして、勃起していらっしゃいますか？」

気品のある顔立ちをしている淑やかなルイーゼが、「勃起」という言葉を口にすることに衝撃を受ける。そのせいかライナルトの股間にさらに熱が集まり、見られたら困る状態になった。

「ルイーゼ。指導をありがとうございました。私はこれで失礼いたします」

何事もなかったように装い、平然と大広間から出ようとしたライナルトの腕を、ルイーゼが摑んだ。

「性的興奮を覚えていらっしゃるのですね」

ルイーゼはライナルトの股間の状態を冷静に指摘する。その通りだが、そうだと頷くわけにはいかない。

「……違いますよ」

「ですが、股間の部分が膨らんでおります」

ルイーゼにじっと股間を凝視され、ライナルトは羞恥のあまり隠したくなるが、否定しているのに隠すのはおかしい。

「気のせいです」

「確認してもよろしいですか」

ライナルトの否定の言葉を聞き入れず、ルイーゼは確かめようと股間に手を伸ばしてくる。ライナルトは慌てて、彼女の手首を摑んだ。

「おやめくださいっ」

「……やはり……わたくしに触れられるのはお嫌なのですね」

ルイーゼは沈鬱《ちんうつ》な顔をして溜め息を吐く。

思わぬ反応にライナルトは内心狼狽えた。

触られたくない。というよりも、触られるわけにはいかない。

閨でルイーゼに触られたときの悦びを思い出し、勃起しているのだとは知られたくなかった。

「……淑女がそのような不埒《ふらち》な行いをすべきではありません」

葛藤《かっとう》する複雑な男心をルイーゼに話しても伝わらないだろう。ライナルトは常識的な指摘をする。

「夫婦間で性器に触れるのは不埒な行いではありません」

ルイーゼは怯《ひる》まずきっぱりと言い切った。

確かに夫婦ならば、普通は性行為をしている。性器に触れる場合もあるだろう――閨ならば。

「今は昼間で、ここは大広間です。時間的にも場所的にも、いくら夫婦とはいえ、性……そこに、触れるのはおかしいでしょう」

「時間と場所……。確かにおっしゃるとおりです。では夜で、寝室ならばおかしくはないのですね」

「ええ……まあ、そうですね」

ライナルトはルイーゼの切り返しに狼狽えつつも頷く。

とにかく今は、早く納得してもらいたい。彼女と別れ、自室に戻りたい一心だった。

ルイーゼは大きく目を瞬かせ、何か希望を見出したかのような表情を浮かべた。

「ならば今晩、夫婦の寝室に来てくださいますか？」

「それとこれとは、話が別です」

一瞬の躊躇いもなくライナルトが拒絶すると、ルイーゼは肩を落とした。

なぜ彼女が自分と閨をともにしたがるのかわからない。

やはり聖人の再来であるライナルトとの間に子を設けよ、と皇帝から厳命されているのだろうか。

真面目な彼女はそれに従おうと必死なのか。それこそライナルトをロープで縛り、襲いかかるほどに——。

閨をともにしたからといって、子に必ず恵まれるわけではない。

白い結婚を続けたからといって、命に背いていると皇帝は気づかないはずだ。

責務から子を産むなど哀れだ。

ルイーゼのためにも、当初の予定通りこの結婚は白い婚姻であるべきだと、改めてライナルトは思った。

「ルイーゼ。私たちは一度間違いを犯してしまいましたが……今後、閨をともにするのはやめておきましょう」

下半身を猛らせたまま、冷静な口調でライナルトは告げる。

「やはり……間違っていたのですね……」

ルイーゼは愕然《がくぜん》とした表情で言う。

「私なりに懸命に……学んだのですが、やはり書物や言葉で学ぶのと、実技は違うのですね。教えてくださったら、今度は正しく、ライナルト様を気持ちよくして差し上げるよう努力するのですが……」

「……いえ……その。交合が間違っていたとか、そういう話ではありません」

「ならば、やはりわたくしとの交合そのものがお嫌なのですね……」

ルイーゼとの間に認識のずれがある。

もしかしたら白い結婚――いやよくよく考えてみると、すでに〝白い〟とは言えないのだが……それについても何か誤解をしているのかもしれない。

よく話し合わねばならないと思ったのだが、ルイーゼは真剣な表情で口を開いた。

「……実は夜会で……とあるご令嬢から、ライナルト様が司祭様の助命と引き換えに、わたくしとの婚姻を強制されたのだと聞きました。以前、還俗はライナルト様の望みでもあったとおっしゃっていましたが……婚姻は不本意だったのではありませんか？」

思わぬ問いかけに、ライナルトは目を瞬かせた。

「精力の強さは、ライナルト様の優しい嘘だったのですね。それを真に受けてしまい、ライナルト様の純潔を奪ってしまいました。純潔はお返しできませんし、どうお詫びしてよいのかわからないのですが、あなたの望み通り、今後は白い結婚を……良妻を精一杯、演じてまいります」

「聖力の話は本当です。嘘ではありません。ですが……よほどのことがなければ、あなたを傷つけはしないと思います」

白い結婚を受け入れる、演じると言っているのだから、弁明する必要はない。けれど嘘だと思われるのも心外で、ライナルトはつい否定してしまう。

聖力で人を傷つけたのは十歳のときの一度きりだ。

それ以来、物を壊しはしても、人に怪我を負わせたことは一度としてない。

初夜のときも、ルイーゼに襲われたが聖力で傷つけたりはしなかった。

——彼女に怖がられたくない。

よほどのことがなければあなたを傷つけない、そう付け加えてしまった自身にライナルトは驚いていた。

最初に白い結婚の話をしたときは、脅しのように聖力を持ち出したというのに。

「……わたくし、誤解をしていたのかもしれません。精力というのは……精神力のことですか？」

ライナルトの葛藤と動揺を知らないルイーゼは、真剣な顔で的外れな質問をしてきた。

「いえ精神力……心の動きが作用するのは同じですが、精神力ではありません」

「そうですか……でもわたくしを潰してしまうほどの、強い精力ではないのですね」

「つぶす……？　ええ。おそらく、ですが……」

なぜルイーゼは聖力で潰されると思っているのか。

物に亀裂を走らせたことはあるが、聖力で何かを潰したことはない。

十歳のときに起こした事件の記憶はライナルトにはない。しかし、ヴェルマーから詳細を教えられてはいた。「潰した」とは聞いていない。

スサネ教の聖職者や信徒、高位貴族の一部の者たちは、元聖王と元皇女の婚姻を快く思っていない。ライナルトの過去を知る者が、夫婦仲を拗《こじ》らせようとしてルイーゼに「聖力で人間を潰して殺した」と聞かせたのかもしれない。

思考を巡らすライナルトを見上げながら、ルイーゼは首を傾げた。

「ならば、どうして閨事を拒まれるのですか」

「あなたこそ、どうして閨事にそこまでこだわるのですか。陛下に閨事をするよう命じられているのかもしれませんが、私たちが黙ってさえいれば知られようがありませんよ」

「陛下……？　陛下には……もっと可愛らしくせねばならぬと言われましたが、閨事をせよとは命じられていません」

ルイーゼは困惑の表情を浮かべるが、ライナルトも困惑していた。

皇帝に命じられていないのならば、彼女自身が子を欲しがっているのだろうか。

「……あなたが私との子を望んでおられるのですか。生まれる子が、聖人の再来であればと。そう期待しているのですか？」

聖力と痣を持つ子が欲しいのかと、ライナルトは皮肉げに問うた。

ライナルトはフィルア帝国の民ではない。

スサネ教の信徒ではない流民の、それも穢《けが》れた娼婦の子である。聖力を持って生まれたのは遺伝ではなく偶然。神の気まぐれだ。

彼女の望みはきっと叶わない。

「子が欲しいかと訊かれれば欲しいと答えます。けれど聖人の子が欲しいわけではありません。わたくしはただ……普通の新婚夫婦のように、いちゃいちゃのアツアツでいたいのです」

ささくれた気持ちになっていたライナルトに、ルイーゼはほのかに頬を染め、恥じらいながら言う。

「……いちゃいちゃ……」

ルイーゼの想定外の言葉に、ライナルトの思考が止まった。いったいなんの話をしていたのかと、自分を見失いそうになった。

「強制された婚姻なのにおこがましいのですが……わたくしに好ましくない点があるならば、改善いたします。皇族なのは直しようがありませんが……ライナルト様。あの、膨らみが……」

切々と訴えていたルイーゼの視線がライナルトの股間に向かう。

「え……ああ……」

話しているうちに、いつの間にか昂りが治まっていた。

「わたくしには、女性としての魅力がないのですね」

ライナルトの股間を見つめたまま、ルイーゼは寂しげに呟く。

「そんなことはありませんよ」

魅力がないなら……いくらライナルトが女性の裸に耐性がないといえども、初夜にあれほどまでに性的興奮は覚えなかっただろう。

白く華奢な、けれど豊かな胸。ルイーゼのしなやかな白い裸体を思い出し、昂りが治まったばかりの股間に再び熱が集まり始めた。

「もうこの話は終わりにいたしましょう」

ルイーゼにそれを悟られる前に、ここから離れたい。一刻も早く、この熱を自室で処理したかった。

「ですが、これからどうするのか。なんの答えも出ていません」

ライナルトは必死で話を切り上げようとするのだが、ルイーゼもなぜだか必死に食い下がってくる。ライナルトが困っていると、タイミングよくノックの音とともに侍女が姿を見せた。

午後のお茶の準備ができたらしい。

ルイーゼは話を終わらせるつもりはなかったようだが、焼きたての菓子の香りに惹かれるように鼻を少し動かし「休憩いたしましょう。ライナルト様」と、にっこりと微笑む。

お茶菓子のおかげで、ルイーゼの気を逸らすことができたライナルトはほっと胸を撫で下ろした。

◇　◆　◇

二日後の早朝。

帝都にある国営の孤児院を慰問するため、ライナルトはルイーゼとともに屋敷を出た。

夫婦揃っての慰問は、帝都に住む人々にすぐに広まるだろう。処刑を免れたライナルトは聖王を退位し、還俗をした。そして皇帝の愛娘と仲睦《なかむつ》まじく、国のために尽くしている。

それらを民に知らしめるための慰問であった。

今日訪れる孤児院の隣には、スサネ教の礼拝堂がある。そのためライナルトも位階のない若い頃からよく訪問していた。

皇女の公務として通っていたルイーゼとも、そこで何度か顔を合わしたこともある。

「ここは、わたくしが初めてライナルト様に出会った場所です」

孤児院を見上げて、ルイーゼは懐かしげに目を細めた。

あの日のことはライナルトも、薄らと覚えている。

雪がちらちらと舞う寒空で、バザーを訪れた人々でごった返していた。広場の中央では火が焚かれており、ライナルトはできるだけ火に近寄らないように気をつけていた。

記憶ははっきりとはしていないというのに、母に焼き鏝を押されたことを身体が覚えているのか、ライナルトは火が恐ろしくてならない。

火を見ると恐ろしさに震え、胸が痛くなり苦しくなる。

さすがに聖力を暴発させはしないが、酷いときには失神してしまう。

だがあのときは――風に煽られた火に黒髪の小さな少女が呑み込まれようとしているのを見た瞬間、考えるよりも先に身体が動いた。

(助けると同時に、気を失ってしまったけれど)

母に押された焼き鏝の痕のように、ルイーゼに一生消えない火傷の痕が残らなくてよかった。隣にいるルイーゼを見ながら、心の底からライナルトはそう思った。

孤児院の院長が、にこやかにライナルトとルイーゼを出迎えてくれる。

「昔から存じ上げているお二人が結婚して、嬉しゅうございます」

院長は今年で五十歳になる、ふくよかで優しげな面立ちをした女性だ。

結婚祝いにと、院長は子どもたちが作った造花の詰まった籠《かご》をルイーゼに渡した。

遠目では生花のように見えるが、近くで見ると染色が滲《にじ》んでいたり、糊のあとが残っていたり、針金が見えていたりなどして、お世辞にも素晴らしい出来だとは言えない。

しかし、ルイーゼは子どもたちが作ったと知ると目を丸くさせて驚き、「これを子どもたちが作ったのですか。とても上手ですね。どうやって作るのでしょう」と感心していた。

そして、ルイーゼに褒められ喜んだ子どもたちが造花の作り方を教えてくれることになった。

初めての作業であったが、手先が器用なライナルトは特に苦労することなく、完璧な造花を完成させた。

生花と見紛《みまが》うばかりの美しい薔薇《ばら》に、子どもたちが賞賛の声を上げる。

対するルイーゼはどうやら不器用らしく、失敗してはやり直し……を繰り返していた。

それでも一生懸命に取り組み、どうにか仕上げることができたのだが、できたのは不格好な、花のような何かだった。

「わたくし……もっと練習をいたします……」

ルイーゼは眉を寄せ、花のような何かをライナルトに手渡しながら真剣な口調で言う。

本当は作った造花を子どもたちに贈りたかったのだが、みなの勧めもあり、夫婦で交換したのだ。

「これはこれで可愛らしいですよ」

花のような何かではあるが、ルイーゼが懸命に取り組んで作ったものだ。ライナルトの目には可愛らしく映った。

「いえ！　次はもっと上手に作れると思います。コツを摑みましたから。ライナルト様のお花を見本にいたしますね」

ライナルトの作った薔薇を受け取ったルイーゼはそう言って嬉しげに口元を綻《ほころ》ばせた。

「ルイーゼ様たち、アッアッ！」

「いちゃいちゃ！」

二人を見た子どもたちが、そう言って囃《はや》し立てる。

ルイーゼは何かを思い出したかのようにはっとして、「いちゃいちゃのアッアッ」と真顔で呟いていた。

造花の交換を終えたところでちょうど昼時になり、ライナルトとルイーゼは子どもたちや孤児院の職員とともに食事をすることになった。

食前の祈りは孤児院内では院長の役割になるのだが、ライナルトにお願いしたいと乞《こ》われたので引き受けた。

毎日の習慣だからだろう。ライナルトが静かに祈りの言葉を紡ぎ始めると、先ほどまで騒がしかった子どもたちも、しんと静まり祈りを捧げた。

昼食は野菜と鶏肉を煮込んだスープとパンだった。決して豪勢ではないがほどよい味付けでとても美味しい。

ルイーゼは自分の食事を後回しにし、二歳くらいの幼女の食事介助をしていた。

好き嫌いの多い子らしく、ふにゃふにゃと文句を言ってばかりいる。ルイーゼは根気よく言って聞かせ、食事をとらせていた。

(きっと彼女はよい母親になるだろう……)

生真面目で優しい彼女は自分の子どもを心から愛するだろう——そう思い、胸がチクリと痛んだ。

——子が欲しいかと訊かれれば欲しいと答えます。

以前、彼女はそう言っていた。

ルイーゼに愛する人ができたなら、ライナルトは彼女の恋路を応援するつもりでいた。

しかし、現在の彼女は外出を禁じられ、出掛けるときは大勢の護衛がつく。皇女であるときと変わらず自由が少ない。この状況では出会いさえない。

普通の貴族同士の政略結婚ならば、愛人を持ち、愛人との間に子を作るのも、互いに納得していれば可能だ。しかしライナルトの立場、そしてルイーゼの身分を考えればそれは難しい。

いくらライナルトが応援するつもりでいても、皇族であるルイーゼが愛人を持てば、彼女の名誉に傷がつくだけでなく、皇家の恥になってしまう。

ルイーゼが子を成すためには、ライナルトと死別、もしくは離縁するしかないのだ。

彼女を解放できる日がいつになるかもわからないというのに、その間、子を望むなと、白い結婚を押しつけようとした自分の身勝手さと薄情さに、ライナルトはいまさらながらに気づく。

だからといって、ルイーゼに子を授ける資格が自分にあるとも思えなかった。

「ライナルト様。お下げしてもよろしいですか？」

ルイーゼに声をかけられて、考え込んでいたライナルトは顔を上げた。

ライナルトが食べ終わった食器を下げようとしている。幼女の食事介助を終えたルイーゼは、手早く自分の食事をすませたようだ。

「いえ。私が片付けます」

ライナルトは食器を手に立ち上がった。

「では、一緒に片付けましょう」

ルイーゼとともにライナルトは食器を集め、子どもたちに交じって後片付けをする。ライナルトが洗った皿をルイーゼが拭き、十歳半ばの年長の少女が食器棚に片付ける。

皿洗いは本来ならば使用人の仕事だ。ライナルトは元々平民であったし、聖職者として位階が低い頃は雑用もしていた。皿洗いの経験はもちろんある。

しかし生まれたときから皇族であるルイーゼは、皿拭きは初めてなのだろう。ちらりと隣の様子を窺うと、ルイーゼは一滴の水すら逃さないような気迫に満ちた顔で、皿を拭いていた。

午後からは併設されている礼拝堂で子どもたちと集団礼拝する予定になっている。礼拝が始まるまで少し時間があるので、休憩室で待つことになった。

ルイーゼと二人きりになったライナルトは、彼女の子どもたちとの仲睦まじい姿をふと思い出し、口を開いた。

「ルイーゼ。あなたは子どもが好きですか」

扉の外には衛兵が控えているため、ライナルトは声を落としてルイーゼに訊ねた。

ルイーゼはライナルトの問いに目を見開き、ゆっくりと瞬いた。

「わたくしは……子どもを恋愛対象にするような変態的な嗜好《しこう》はよくわかりません」

そういうことを訊いたわけではない。

思わず言葉に詰まったライナルトを見て、ルイーゼははっとした表情で逆に問いかけてきた。

「ライナルト様……もしかして、子どもがお好きなのですか。ですから、わたくしとの閨事を拒まれるのでしょうか」

なぜそうなるのか。そんなわけがないであろう。

「いいえ。私にもそういう嗜好はありません」

ライナルトはきっぱりと否定する。

しかし、やはりルイーゼに言った言葉をそのままの意味で受け止めてもらえない。

「先日も勃起されていたのに、治まってしまわれるし……同性愛、もしくは小児《しょうに》愛好者なのかと思ったのですが……。最近聞いたのですが、動物相手に性的興奮を抱《いだ》く者もいるそうです」

誰がそのようなことをルイーゼの耳に入れるのか。

なぜ子どもの話から性癖の話へとなってしまうのか。

「違いますよ。私はごく普通の嗜好です」

話の流れについていけないいながらも、ライナルトは否定した。

「ならばなぜ……勃起をされていたのに、射精もなく治まったのでしょう。わたくしが気づかなかっただけで、衣服の中に射精をされていたのでしょうか」

「あなたは何か誤解されているようですが……その……昂りは精を放たずとも、治まることがあるのです」

「ですが、勃起現象ののちに射精するのだと教わりました」

「寝ているときに放出してしまうこともありますし」

「寝ているときに？　なぜです。眠りながら無意識に自分で触っているのですか？」

「いえ……子種が」

と言いかけて、ライナルトは我に返る。

（なぜ神聖な礼拝堂の一室で、このような問答をしているのか）

ルイーゼが真面目に訊くものだから、ライナルトもつい答えてしまっていた。

「やめましょう。このような場所ですべき会話ではありません。あなたも……淑女なのです。その……勃起やら……射精やら、口にしないように」

勃起と射精の単語を発するときだけ声を潜め、ルイーゼを窘《たしな》める。

「勃起や射精は、学問の書物にも載っている言葉です」

ルイーゼは心外だと言わんばかりに眉を顰めた。

そういう問題ではないのだ。ルイーゼにどう話せばよいのか、ライナルトは真剣に考えながら話した。

「人前で性行為はしないでしょう？　正式な名称であろうと、人前でしないことを堂々と口にするのはやめておくべきです」

「性行為は夫婦の間で営まれます。夫婦間の会話でも、口にしてはならないのですか？」

「時と場所です。夫婦の営みをするのは普通は夜ですし、礼拝堂ではしないでしょう」

「……それはそうです。わかりました」

ルイーゼは納得したのか、真面目な顔で頷いた。

「では、このお話は夜に。夫婦の寝室でいたしましょう」

わかってもらえたとほっと胸を撫で下ろし、「はい」と返事をしかけたライナルトは寸前で止める。

「夜に夫婦の寝室に行く約束はいたしません。……話を戻します。私が子どもを好きかと訊ねたのは、恋愛的な意味ではなく、一般的な意味で訊ねました。……幼子をあやすのに慣れておられたので」

ルイーゼは一瞬だけ残念そうな表情を浮かべたあと、真面目な顔に戻り口を開いた。

「こちらの孤児院には、昔からよく来ておりました。皇女の公務でしたのに、幼い頃のわたくしは年上の子たちに遊んでもらっていて……。いつしか彼女たちを真似て、小さな子どもたちを世話して遊ぶようになりました。そのおかげで、子どもをあやすのに慣れているのだと思います」

ルイーゼは幼い頃を懐かしむように小さく微笑む。

「わたくしは子どもが好きです。正直に打ち明けますと、乱暴な男の子は少しだけ苦手ですけれど。……ライナルト様は子どもがお嫌いですか？」

「嫌いではありません。時折、思いもよらぬ行動や発言をするので対応に困るときもありますが……。それは子どもだけではなく大人も同じですね」

子どもであろうと大人であろうと、接するのが難しい者もいれば接しやすい者もいる。

「そうですね。幼子もみな性格が違いますから」

「……ですが、それが自分の子だとしたら？　もしあなたの生んだ子が、扱いの難しい、乱暴な男の子であったとしたら……どうします？」

ライナルトは自身の母を思い出しながら訊ねた。

母はずっと子を産んだことを後悔していて、何度もライナルトに「産まなければよかった」と口にしていた。父親が誰かもわからぬうえに、『おかしな力』を持っていた子どもだったからに違いない。

ルイーゼはどうだろう。生まれた子が病《やまい》を持っていたら。二目と見られぬ姿だったら。あるいは呪《のろ》われた力を持って生まれたら――。

母のように、産まなければよかったと、後悔するのだろうか。

ライナルトの問いに、ルイーゼはどう答えるのか興味があった。

彼女が感情のまま、幼子を怒鳴り散らしている姿を想像できない。きっとどんな子であろうとも愛する気がした。

ライナルトは母の記憶を、ルイーゼが塗り替えてくれるのではないかと心のどこかで期待していた。

「わかりません」

けれど、ルイーゼからは拍子抜けする言葉が返ってくる。

「わからないのですか……」

「わたくしにはまだ子どもはおりませんし、もし生まれた子が乱暴な男の子だったとしても、どれほど乱暴なのかもわからないですし。愛そうとはすると思いますが、実際愛せるかどうかは、そのときになってみないとわかりません」

ルイーゼの気持ちは理解できた。

仮定の話に対して、絶対にできると言われるほうが信用できない。しかし、ライナルトは勝手に彼女に期待しておきながら、落胆していた。

「後悔するくらいならば、産まないほうがよいかもしれませんね」

ルイーゼが薄情に感じ、つい大人げなく嫌味な発言をしてしまった。

「……ライナルト様は後悔してしまうことを恐れているのですか。わたくしとの閨事を拒まれているのは子をつくるのがお嫌だからなのでしょうか」

ルイーゼはライナルトを、じっと探るように見つめてくる。

「……それだけが理由ではありませんが、子を持つ、親になる自信がありません」

「わたくしも自信などありません」

「自信が……ないの、ですか」

ライナルトは平然と同意したルイーゼに驚く。

子どもをあやすのに慣れていたし、子が欲しいと口にしていたので、ルイーゼは母になる自信もあるのだと思っていた。子を愛せる確信もなく親になる自信もないのに、子を欲しがるのは無責任ではないだろうか。

ときどきおかしな発言をするものの、思慮深く真面目な女性だと信じていたのもあり、裏切られたような気持ちになった。

「自信などありません。わたくしは子を産んだことも、母親になったこともないのですから。今日、造花を作ったときも自信がありませんでしたし……。初めて夜会でダンスをしたときもそうです。わたくしの最初のダンスの相手は皇帝陛下だったのですが、前日の夜から緊張して眠れませんでした。ライナルト様との婚儀の前日も、わたくし、眠れませんでした」

「いったい……なんの話を」

子どもの話が、なぜダンスの話に、そして婚儀の話になるのか。

「わたくしはおそらく不器用なのです。不器用なので、たくさんの知識を得て、学ばねばなりません。けれど書物や経験談を聞くだけではわからぬこともあります。造花作りもダンスも閨事も。実際に行い経験をして、上手くなっていくのではないかと思うのです。出産も子育ても……体験して、学んでいくのではと……。ああでも、子育ては他のこととは違い、失敗するわけにはいきませんから、やはり多くのことを学ばねばなりません」

淡々と話していたルイーゼだったが、はっとして言葉を続けた。

「ライナルト様はわたくしを頼りないと思われているのですね。産んだ子を愛せず、きちんと育てられないかもしれない。そう感じられて、閨事を拒まれているのでしょうか？」

「……違います」

ルイーゼを頼りないとは思っていない。

産んだ子を愛せず、きちんと育てられない――それはルイーゼではなく、自分自身への不安だった。

「わたくしダンスは上達したのです。造花も上手く作れるようになるかと。閨事は……自信がつくほど上達するかはわかりませんが。子どもは乳母に任せるのではなく、自分で育てたいと思っています」

勝手に思い込んで期待し、彼女に思わぬ返答をされて、裏切りと感じてしまった。

そんなライナルトの身勝手な感情など知らず、ルイーゼは前向きな言葉を紡ぐ。

ルイーゼの出産に立ち会い、一緒に子どもを育てていくうちに、自分の内にある不安もなくなるのだろうか。いや、なくなりはしない。

そもそもライナルトには誰かを愛する資格などなかった。

だというのに――。

「ひと月に一度。夫婦の寝室を利用しましょうか」

彼女の前向きさにつられるように、そう口にしていた。

自分の葛藤に、まだ年若い彼女を付き合わせるわけにはいかない。

子どもが欲しいというルイーゼが不憫だ。

ここは自分が折れるべきだ。

もう交合してしまったのだ。すでに妊娠しているかもしれない。一度も二度も同じだ。

頭の中で、狡《ずる》い自分がもっともらしい言い訳をする。

「夫婦の寝室？」

ルイーゼは目を丸くさせる。ライナルトから夫婦の寝室について切り出されるとは思ってもいなかったのだろう。

「ええ。あなたがお嫌でなければ、ですが……」

「新婚だと……毎日いちゃいちゃアツアツだと聞きました」

ルイーゼはうっすらと頬を染め、期待のこもった視線をライナルトに向けてくる。

そういえば前にも、「いちゃいちゃアツアツ」と呟いていた。

いちゃいちゃアツアツというのは、閨事のことなのだろう。

「毎日はさすがに駄目です……私も忙しいので」

「わかりました。ひと月に一度ですね！」

珍しく弾んだ声で、ルイーゼが言う。

いつになく嬉しげな顔を見て、胸の奥が軋《きし》んだように痛み、息苦しくなる。

過去の罪に苛《さいな》まれているせいなのか、それとも別の感情から来る痛みなのか……自分でもよくわからない。

ただ——ルイーゼと閨をともにしてしまえば、さらに苦しみ、痛みに苛まれるだろうことだけは確かだった。

◇◆◇

午後の集団礼拝で説教を担当したのは、二十代前半の若い司祭だった。司祭になりたてだという青年は、少々辿々《たどたど》しいものの、よく通る声をしていた。

スサネ教の集団礼拝は、まず司祭による教典の一説の読み上げから始まる。そのあと、説教——読み上げた一説の解釈や教訓などを説き明かす。

ライナルトの説教は簡潔でわかりやすいと評判で、ルイーゼも礼拝堂に響くライナルトの美声にいつも聞き惚《ほ》れていた。

集合礼拝には孤児院の子どもたちだけでなく、近くに住む帝都の民たちも来ており、何人かがライナルトに接触しようとして衛兵たちに止められていた。

還俗して聖王ではなくなったが、今現在の彼は公爵である。平民が気軽に近づくことは許されない。枢機卿の起こした事件はまだ記憶に新しく、先日の夜会の一件もある。衛兵たちはぴりぴりした空気を放っていた。

説教が終わるとライナルトはすぐにルイーゼを伴って礼拝室を出た。

民に囲まれてしまうと衛兵の仕事が増え、さらには誰かが怪我をしてしまう可能性もある。それを考慮しての行動だろうと思うも、ライナルトの様子がどこか違う気がする。

「大丈夫ですか？」

ライナルトに訊ねられ、ルイーゼは何に対してそう訊かれているのかわからず視線を向けた。

「あなたを睨んでいる者がいました」

ライナルトは気遣わしげな声で言う。

衛兵の厳しい視線を察して不用意に近づいては来なかったが、礼拝堂では様々な視線が二人に向けられていた。

ライナルトの姿を見て感激し涙ぐむ者もいれば、複雑そうな視線を向ける者もいた。彼の隣に座って説教を聞くルイーゼを睨んでいる女性もいて……ライナルトはその女性を気にしているようだ。

けれど、あれは仕方がないとルイーゼは思う。

彼女の顔には見覚えがあった。以前……一年ほど前だろうか。礼拝堂で友人らしき同年の少女たちとライナルトの話で盛り上がっているところに出くわしたことがあった。

「もうずっとずっとずっと見ていたいわぁ～。でも目が蕩けちゃう！　声も素敵だし！　耳も蕩けちゃう！」

などと言ってはしゃいでいた。その言葉に、ルイーゼも心の中で何度も頷いたので記憶に濃く残っていた。

「わたくしを睨むのは致し方ありません。それだけ熱心にライナルト様に憧れていたのです」

「憧れ……？」

ライナルトの問いに、ルイーゼは頷く。

憧れていた聖王猊下が婚姻し誰かのものになるなど想像もしなかったはずだ。

もし自分が彼女の立場だったならば――ライナルトが他の令嬢と結婚して、寄り添う姿を見てしまったら……実際に睨みはしないだろうが、睨みたい気持ちにはなると思う。

「純粋な乙女心ゆえの悋気《りんき》です。時が経ち……気持ちが吹っ切れればよいのですが……」

「……そうですか」

ルイーゼがしんみりした気持ちで言うと、ライナルトはなぜか脱力したような表情で気のない相槌を返してきた。

外に出ると、まだ日が暮れる時間帯ではないのに辺りは薄暗くなっていた。

灰色の空から、ちらちらと白いものが降ってきている。

「まあ……初雪ですね」

今年に入って初めての雪だ。雪を見たからか、途端に肌寒く感じた。

孤児院への慰問、集団礼拝への参席を終えた。このあとは屋敷に戻る予定である。

パチパチと何かが弾ける音がしていて、そちらに視線を向けると、礼拝堂の前にある広場で火が焚かれていた。

集団礼拝に訪れた民のために、孤児院と教会が用意したのだろう。

ルイーゼはライナルトと初めて会った十歳の頃を思い出す。

あのときとは違い石壇で囲いがしてあり、周りの者たちからもきちんと距離が取られている。安全措置が取られているのはよいことだ。

焚き火の近くに孤児院の子どもたちの姿がある。

ライナルトとルイーゼを見送るために出てきてくれたのだろう。別れの挨拶をするため焚き火に近づこうとすると、ライナルトがルイーゼの腕を摑んだ。

「……駄目です」

「ライナルト様？」

振り返ったルイーゼは目を瞠った。

ライナルトの顔色が悪い。寒いのか、小刻みに震えてもいる。

空色の双眸はルイーゼとその向こうにある焚き火を映していた。

ルイーゼの腕をぎりっと強く摑んだかと思うと、次の瞬間、ライナルトはその場に崩れるように倒れた。

ライナルトはすぐ衛兵たちの手により、礼拝堂の中に運び込まれた。休憩室の長椅子に寝かされる。

震えは止まっているし嘔吐もない。しかし意識はなく、顔色は悪いままだった。

医者を呼びに行ったと報告を受けたときだ。ライナルトの長い睫が震え、瞼が開いた。

鮮やかな空色の双眸にルイーゼの姿が映った。

「ライナルト様」

長椅子の傍らで床に膝をつき寄り添っていたルイーゼは、驚かせないよう、ゆったりとした口調で呼びかけた。

「……ルイーゼ？」

「ええ。ライナルト様。ここがどこだかおわかりになりますか」

「……私は……今日は、慰問に孤児院を訪れていて……ここは、礼拝堂ですね」

訥々《とつとつ》とした口調ではあったが、正しい答えが返ってくる。

「ライナルト様はお倒れになったのです。どこか苦しかったり、痛かったりしますか？」

「いえ、どこも……大丈夫です……」

大丈夫だと言ってはいるが、声に覇気がない。

起き上がろうとするライナルトを慌てて支えていると、医者が到着した。

医者はライナルトの身体をひと通り診察し、毒物中毒の症状もなく、意識もはっきりしているので疲労だろうと言った。

「念のため、皇宮に行き侍医にも診てもらいましょう」

医者が退室したあと、ルイーゼはそう提案をする。

「身体はもう平気です。大事にしたくありません」

騒ぎにしたくないのだろうが、大病の前触れの可能性もある。

「ですが……いきなり倒れるなど、何か悪い病気なのかもしれません。先ほどの医師の見立てを疑っているわけではありませんが……」

町医者と皇族付きの医者とでは、腕に差があるのは事実であった。

「……少し、外してください」

二人きりで話したいらしく、ライナルトは衛兵たちに部屋から出るよう言った。衛兵たちが出て行くのを視線で確認したあと、ライナルトは空色の瞳をルイーゼに向ける。

「病ではないのです……」

「でも、お倒れになったではありませんか」

「ええ……私は、炎が怖いのです。火を見ると、気絶することがあるのです」

ライナルトの言葉にルイーゼは目を瞬かせた。

「炎が怖い？」

「以前、小さなあなたを炎から助けたことがありましたね。あのときも、私は気絶をしました」

確かに、ライナルトはルイーゼを炎から守ったあと、地面に倒れ気を失っていた。

「地面に倒れた衝撃で、気を失われたのでは？」

「違います。あのとき私は、炎を間近で見て……恐怖から気絶したのです」

ライナルトのかたちのよい唇が震える。肩も小刻みに震えていた。

「私は幼い頃……火傷をしたことがあって……それ以来……火が怖い。自分でもおかしいと思うのですが……未だに幼少の頃の恐怖が拭えずにいます。それでも以前よりはましになったと思っていたのですが……今日はなぜか……。不意打ちだったからでしょうか……恐ろしくてたまらなかった」

ライナルトの声が震えている。

身体だけでなく心まで傷つけるような、大きな事故だったのだろう。幼い日の記憶は、今もなお彼を傷つけ苦しめているようだった。

ルイーゼは震える彼の手にそっと自身の手を重ねた。

「火が恐ろしいのに、わたくしを助けてくださったのですね」

「……あなたが無事で、火傷をしなくてよかったです」

「ええ。ライナルト様のおかげです」

幼いルイーゼが焚き火を珍しがって近寄りさえしなければ、ライナルトは怖い思いをせずにすんだ。だというのに、ルイーゼが怪我をしなくてよかったと言ってくれる。ライナルトの優しさに、胸が切なく疼いた。

ライナルトの冷えた手が、触れ合うことで温かくなっていく。

震えも治まってきたようだ。

もう少しこうしていたい気もするが、衛兵を待たせるわけにもいかないし、ライナルトも早く屋敷に戻って身体を休めたほうがよいだろう。

「お身体は……苦しかったり痛かったりはしないのですね」

「ええ」

「ならば、屋敷に戻りましょう」

ライナルトが長椅子から立ち上がるのをルイーゼは支える。

「あ……焚き火を消すようにお願いしてきます」

おそらくまだ外では火が焚かれたままだ。

「いえ平気です。炎が怖いのは私自身の問題です。それを理由に、みなを凍えさせたくはありません」

「ですが……」

礼拝堂を出て、また火を見たら倒れてしまうのではないか。

ルイーゼが見上げると、ライナルトは小さく笑んだ。

「火が焚かれているのはわかっていますし、見ないようにします。行きましょう」

ドアの前で控えていた衛兵たちに、屋敷に戻ると伝える。

衛兵たちに護衛されながら、先ほどと同じように礼拝堂を出た。

曇り空のままであったが、雪は止んでいた。

炎が、パチパチと音を立てている。

焚き火から目を逸らしたライナルトを誘導するように背に手を回し、門前にある馬車へと向かった。

「ライナルト様！　ルイーゼ様！」

馬車に乗り込もうとすると、背後から孤児院の子どもたちに声をかけられた。

「また来てくださいますか」

「ええ。また来ます」

ルイーゼはライナルトを早く馬車に乗せたかったが、子どもたちを無下にするわけにもいかず、微笑みながらも早口で約束を交わした。

「寒くなってきましたので、風邪を引かないように。院長先生の言うことをきちんと聞き、食事も好き嫌いせず食べねばなりませんよ」

横から、ライナルトの穏やかでよく通る声がした。

顔色はまだ悪いものの、いつもの――普段通りのライナルトに見えた。

「ライナルト様もまた来てくださいますか？」

「ええ。必ず来ます」

焚き火の炎は視界に入っているはずなのに、ライナルトは子どもたちに優しげな眼差しを向けていた。

ライナルトが疲れたように長い息を吐いたのは、子どもたちと別れ、馬車に乗ってからだった。

(もしかしたら……ライナルト様は……いつも、気を張っておられたのかもしれない)

ルイーゼの知っている聖王ライナルトは、いつも沈着冷静だった。

疲れた姿や、不満げな表情を浮かべたのは一度も見たことがない。

それは聖王として、聖人の再来である聖職者として、みなの規範となるべく、弱みを見せまいとしていたからではないだろうか。

火が怖いと打ち明けるとき、衛兵を退出させていた。

ルイーゼと二人きりになり初めて、恐怖を口にした。

精力の話も——ここだけの話だと、ルイーゼに前置きし、教えてくれたのだ。

『自分だけ』という特権がルイーゼの胸をざわめかせた。

ライナルトは苦しんでいるのだ。

自分にだけ弱みを教えてくれたからといって、喜ぶのはおかしい。

けれど、自分だけが知る彼がもっと増えればいいのにと願ってしまう。

「……あなたに……情けない姿を見せてしまった」

馬車が走り出し少しして、ライナルトが呟くように言った。

一度は治まっていたのに、先ほどまた炎を見てしまったせいだろうか。ライナルトの手が僅かに震えている。

ルイーゼは首を横に振った。

「情けなくなどありません。わたくしも、あのとき火傷を負っていたら、きっと火を怖れていたでしょう。……手を触れてもよろしいですか」

断られるかと思ったが――。

ライナルトが差し出してくれた手を、ルイーゼはそっと握った。

第五章　子作り

――ひと月に一度。夫婦の寝室を利用しましょうか。

ルイーゼはライナルトとの約束を忘れてはいなかった。

初夜の夜から、ひと月を指折り数えた。

孤児院を慰問してから二日後。今夜が、そのひと月後である。

今宵に思いを馳《は》せながら、ルイーゼは造花作りに勤しんでいた。

造花にはいろいろな作り方があるらしいが、ルイーゼが孤児院で教わったのは布を染色して作る方法だ。針金に布で作った葉や花びらをつけていく。

孤児院で作ったときよりも、上手にできている……はずだ。ひと月も練習すれば、完璧な造花が仕上がるだろう。

（次に慰問を行くときに、持っていきましょう）

ハンカチーフや衣服などのほうが喜ばれるかもしれないけれど……などと考えながら、ルイーゼは、ふと手を止めて棚の上に飾っている薔薇の花を眺める。

ライナルトの作った薔薇だ。

近くに寄らないと造花とわからないくらいよく出来ていた。

（わたくしが作った不格好な薔薇をライナルト様はどうなさったかしら）

あの不格好な、花のような何かをライナルトは「可愛らしい」と言って受け取ってくれた。けれど今度はライナルトほどではなくとも、上手に作れた薔薇を彼に渡したい。

ルイーゼは視線を手元に戻し、止めていた手を再び動かし始める。

「……ゼ様……ルイーゼ様」

「……呼びましたか」

熱中していたルイーゼは、はっとして顔を上げた。

「はい。お探しになっていた本が届きました」

侍女が五冊の本をテーブルに置く。

ルイーゼは自由に外出できないので、家令に探すよう頼んでおいたものだ。まさか昨日の今日でもう届けてくれるとは思わなかった。

感謝しながら、作りかけの造花をテーブルに置き本を手に取る。

家令に調達を頼んだのは、子育ての本である。

閨事をしたのはまだ一回で、今のところ妊娠の兆候はない。読むのはまだ早い気もするが、少しずつ勉強していったほうがよい。

「よかったですね。ルイーゼ様」

侍女の言葉に「よかった？」と問い返した。

「今夜は主寝室を使われるのでしょう？」

屋敷の使用人たちは、別々に寝ている主人夫婦に気を揉んでいたようだ。

この本を探すよう頼んだとき、家令は「よろしゅうございました」と微笑んでいたし、今朝、今夜は主寝室を使うと告げたとき、侍女頭は嬉しげに頷いていた。

けれど、ライナルトと閨事の約束はしたものの、みなの不安を解消できるほどの夫婦仲には、まだなっていない。

「どうかされたのですか？　気がかりなことがおありですか？」

すぐに返事をせずにいると、侍女が心配げな眼差しで訊いてくる。

「気がかりというほどでもないのですが……新婚夫婦は毎日アツアツのいちゃいちゃだと耳にしたのですが……毎日はライナルト様が忙しいので無理なのです」

「いちゃいちゃ……ですか？」

「閨事のことです」

侍女は一瞬、ぽかんとルイーゼを見たあと、首を横に振った。

「閨事を毎日している夫婦もそうそう、いませんよ。それこそ人それぞれです。殿方だって疲れますし、毎日なんてよっぽど精力が有り余っている方だけです」

「精力が有り余っている……？　精力が強いと抱き潰されると耳にしましたが」

それとはまた違うのだろうか。やはりまだまだ勉強がたらないようだ。

「精力がお強い方は抱き潰すまで行為を続けるやもしれませんが……それこそ毎日抱き潰されたら、身体がいくつあってもたりません」

「身体がいくつあってもたりない……ということは有り余るほど強いと、やはり潰されて死んでしまうのですね」

一晩ごとに、女性の身体が潰されて死んでしまうのか。ルイーゼは怖くなる。

ライナルトは精力が制御できないと言っていたが、有り余るほど強いとは言っていない。ひと月に一度と言っていたし、有り余るほどの精力の持ち主ではないのだろう。

――精力の話は本当です。嘘ではありません。ですが……よほどのことがなければ、あなたを傷つけはしないと思います。

そうライナルトは言っていたが——万が一ということもある。やはり抱き潰されないために、縛っておいたほうがいいのではないだろうか。

けれど初夜でライナルトを縛ったロープは、ルイーゼの手元になかった。

(何か……リボンとかで代用できないかしら)

ライナルトの手首を縛るのに最適なものは何か。思案していたルイーゼの耳に、侍女のふふっという笑いが届いた。

「ルイーゼ様。もしかして抱き潰されると死ぬの『死ぬ』って……比喩《ひゆ》ではなく、言葉通りの意味でおっしゃっていますか？」

「比喩……？」

ルイーゼは意味がわからず問い返すと、侍女はなぜか頬を赤らめ、目を逸らした。

「ええと……。まあ……抱き潰されて、実際に死ぬことはありません。なんと申しますか、気持ちが死ぬというか……悦楽を極めることをイクとか死ぬとか表現する者がいまして。その……」

侍女は言いにくそうに『抱き潰されると死ぬ』の意味を説明してくれた。

ルイーゼは己の間違いを知り、愕然とした。

侍女からもたらされた真実に衝撃を受けたルイーゼは、初夜での行いを悔いていた。

『抱き潰す』とは、肉体が潰されぺしゃんこのぐちゃぐちゃになることではなく、身体が疲労で起き上がれなくなるまで抱く……つまり激しい交合のことを意味するらしい。

そして『死ぬ』も。

交合の最中、快楽を得る。それが死んでしまうかと思うほど気持ちよく、その意味で使われているのだそうだ。

(死んでしまうほどの快楽がどういうものかはわからないけれど)

婚姻前に閨房の作法を学んでいた際に、交合で快楽を得るのは知ったが、初夜のときルイーゼには快楽のようなものはなかった。ライナルトとの閨事を果たせたのは嬉しかったが、身体は苦しく、痛かった。

女性側が最初から快楽を覚えるのは難しいらしいが、回数を重ねるごとに痛く苦しいばかりではなくなるという。まだ一度しかしていないので、先の話である。

なんにせよ、ルイーゼはライナルトの強い精力で潰される、命の危険があると勘違いしていたから、彼の手首をロープで縛った。

しかし、そこまでする必要はなかった可能性が高い。

(でも、人並み外れた精力を制御するという点では、少しは意味があったのかしら……)

交合後もルイーゼは疲れていたのもあり眠ってしまったが、翌朝違和感はあるものの歩けないほどではなかった。

ロープでライナルトの精力を封じていたおかげだろう。

そしておそらく、ライナルトもルイーゼの身体に配慮して、ロープで両手首を縛っても拒絶しなかったのだ。

ルイーゼとしては、潰されて死ぬのは受け入れがたかったが、『抱いて潰される』だけならば耐えられた。痛みがもっと酷くとも、我慢できたはずだ。

（あのときライナルト様は……所詮は箱入りの皇女だと失望されたのでは……）

疲労で起き上がれなくなるのを怖れてロープで縛ったルイーゼを、ひ弱だと、妻になる覚悟がたりないと感じたのだとしたら――。

最初からのライナルトの精力を受け入れていたら、今頃、もっといちゃいちゃのアツアツで、夫婦らしい日々を送れていたのではと思うと後悔が襲ってきた。

すべてはルイーゼの無知と勘違いのせいだ。

せめて閨房の作法を教わっているときに、『抱き潰す』という言葉の意味だけでも訊ねていたら、こんな誤解は生まれなかった。

けれどいくら悔いても過去はやり直せない。

夫婦として新たな関係をライナルトと築くため、勘違いを詫びようと心に決めた。

◇　◆　◇

夜、夕食と入浴をすませたあと、自室に戻ったライナルトは椅子に座り書物に目を通していた。頁《ページ》をめくる手を止めて、昼間のことを思い出す。

今日もライナルトは教会に行っていた。

聖都タラにある大聖堂の敷地内には、聖職者や見習い聖職者の住居の他に、書庫や備品室、雑務室のある建物がある。その雑務室でライナルトは若い司祭たちが行う帳簿の整理を手伝っていた。

教会の運営資金を取り扱っていた者たちがみな処罰されたため、帳簿の付け方などの業務を詳しく知っている者がほとんど内部に残っていなかった。

苦境にありながらも若い聖職者たちは、互いに協力し合い、意欲的に仕事に取り組み覚えていっている。

(あの様子ならば、私の手伝いもじきに必要がなくなるだろう)

聖王を退き還俗したライナルトが、いつまでも教会に出入りするのは望ましくない。

若い聖職者たちは聖人の再来であるライナルトに対し、礼を尽くし敬おうとする。

しかし今彼らが誰よりも敬うべきなのは、大司祭となったヴェルマーなのだ。大司祭ヴェルマーの元、教会は新たな体制でやり直そうとしている。自分の存在そのものが新体制の邪魔になってしまいかねなかった。

それはライナルトの本意ではないし、いつも気遣い心配してくれるヴェルマーの心労を増やしてしまう。今日も彼に心配をさせてしまった。

午後を少しばかり過ぎた頃、雑務室に姿を見せたヴェルマーが小声で話しかけてきた。

「先日、孤児院でお倒れになったとか」

「噂になっているのでしょうか……」

あの日は集団礼拝に参加していた民も多くいた。倒れたのを目撃した者もいるだろう。

「いえ、礼拝堂の司祭から聞いたのです。私の知る限り噂にはなっておりません」

ヴェルマーの言葉に安堵する。

毒物で命を狙われた、あるいは皇族との婚姻による心労のせいなどという噂が立つのは厄介だ。ライナルトだけが悪く言われるのならばかまわないが、ルイーゼを巻き込みたくはない。

「お倒れになるなど、どこか身体の具合でも悪いのですか？」

ヴェルマーは気遣わしげな表情を向けてくる。

「いえ。……あの日、孤児院の庭で火が焚かれていたのです。それで……」

「ああ……火のせいだったのですね」

ヴェルマーは得心がいったように頷く。

ルイーゼに打ち明けるまでは、ライナルトの火への恐怖について知っているのは、ヴェルマーだけであった。

「不意打ちだったせいか、気を失ってしまって……」

すっと肌に触れる冷気。どこからか聞こえてくるパチパチと弾ける音。

あの日は灰色の空から、白い雪がはらはらと降っていた。

ルイーゼの長い黒髪が、風で揺れて……それから、叫び声が聞こえた。

（いや違う……あれは……）

――……許して……。

悲しげな双眸がライナルトを見つめていた。

その光景も、ゆらゆらと燃える火にかき消されていく。

真っ赤な血。長い黒髪が揺れて……。

「ライナルト様？」

名を呼ばれ、ライナルトは肩をびくりと震わせた。

頭がぐらりと揺れ、ライナルトは傍の書棚に手をついた。

「大丈夫ですか？」

「少し……記憶が……」

孤児院の焚き火を思い出したせいもあるのだろう。

一瞬意識が遠のきかけてしまった。

「もしやあのときのことを、思い出されたのですか！」

いきなり強めの口調で問われ、ライナルトは戸惑う。

ヴェルマーの言う「あのとき」とは、ライナルトが聖力で、母と居合わせた聖職者たちを殺害したときのことだろう。

「……いえ……はっきりとはしなくて……」

光景は断片的で、どれがいつの記憶なのか、それが本当の記憶なのかライナルトには判別かつかない。

どこかあやふやな記憶は「思い出した」とも言い切れず、ライナルトは言葉を濁した。

「……そうですか。ならばよかったです。あの凄惨な光景を思い出せば、あなたは今以上にご自身を責められるでしょう……。私は、心配なのです」

ヴェルマーはライナルトが過去の罪を悔い、自身の聖力を怖れているのを知っている。

ライナルトが罪悪感で自暴自棄《じぼうじき》になるのを心配してくれたのだろう。

「教会に迷惑がかかるような真似はいたしません」

今ライナルトが自棄になれば、ヴェルマーを始めとした聖職者たちだけでなく、婚姻したばかりのルイーゼにも迷惑がかかる。

「私はライナルト様ご自身の心配をしているのです。教会のことは私にお任せください。若い司祭たちとともに、必ず立て直してみせますから」

ヴェルマーは自信に満ちた表情で言った。

正義感が強く人柄はよいが、気が弱く立ち回りが下手なところがあるヴェルマーも、大司祭という責任ある立場を得て、変わりつつあるようだ。

どこかおどおどした弱々しい雰囲気はなくなり、威厳が出てきた。

（……私も変わらなくてはならないのだろう）

ヴェルマーとの会話を思い出し、ライナルトは息を吐いた。

還俗してひと月経つ。そろそろ教会とは距離を置いて、クナウスト公爵としての仕事を覚えていかなければならない。

娼婦の子どもで、ただの平民。

聖職者として育ったので少し学はあるが、貴族としての教養はない。こんな自分にできることはあまりないかもしれないが。

つらつらと考えていると、漠然とした不安が襲ってくる。

聖王だったときは聖職者としてやるべきことがあり、信徒たちから必要とされていた。

しかし、今の自分になんの価値が、生きる理由があるというのか。

（いや……国と教会との繋ぎ役、皇帝の求心力を高めるために役に立つのならば……価値はある）

決して皇帝や皇族のためだけではない。国が豊かになり、教会が健全な運営を取り戻せば、民や信徒も豊かになる。

ライナルトにしかできない役目だ。

そしてルイーゼの夫となり、皇帝の娘である彼女を妻として敬い、大切にし、彼女や皇帝が望むならば、子をつくる……それもまたライナルトに与えられた役目なのだろう。

ぼんやりと書物に視線を落としたまま、ライナルトは数日前の出来事に思いを巡らす。

昼間ヴェルマーに問われたときは曖昧に濁したが、慰問の帰りに燃え盛る火を見て倒れて以来、忘れていた過去の記憶が断片的に蘇ってくるようになっていた。

駄目だと——そう思った瞬間、また過去の光景が頭の中で流れ始める。

暖炉の中、パチパチと燃える火。銅製の鍋。見慣れない部屋。

聖人の証といわれる痣の上に焼き鏝を押され、火傷を負わされたのは、ライナルトが母と住んでいた住居ではなかった。おそらく母が働いていた娼館だ。

焼き鏝を手にした母とは別に、ライナルトを押さえつける女性の手があった。

熱さと痛みで悲鳴を上げるライナルトに、泣きながら「ごめんなさい」と謝る声が聞こえていた。その声が押さえつける女性のものか、母のものなのか、よくわからない。

そして目の前が黒く染まり、場面が切り替わる。

寝台に横たわるライナルトを母が見下ろしていた。

いつになく穏やかで優しい顔で、ライナルトの額に触れてくる。冷たい母の手は、熱を持った顔に心地よかった。

「大丈夫よ……ライナルト」

母はそう言って微笑む。

あんな酷い真似をしておいて、何が大丈夫だというのか。

文句を言おうとすると、今度は目の前が赤く染まった。

パチパチと燃え盛る火。煙。そして……何かが焼ける匂い。

女の甲高い悲鳴。それを見ている者たちの、醜悪な顔――。真っ赤な血。

ぞくりと背筋が凍りついたように寒くなり、動悸《どうき》が速くなる。

この感覚は、あのときのものなのか。それとも断片の記憶に振り回されている今のものなのか。

ぐらりと視界が揺れ、倒れそうになったライナルトは机に突っ伏した。目眩は治まったが動悸は治まらず、テーブルの上に置いていたグラスが割れる音がした。

深呼吸をし、心を静めていく。ゆっくりと焦らず息を吸っては吐く。そうしてようやく平静を取り戻してから、顔を上げた。

ライナルトは指を切らないよう気をつけながら、粉々になったグラスを片付ける。

聖力を暴走させ、母たちを殺してしまったときの記憶はライナルトにはない。

しかし先ほど頭の中で流れた光景は、妄想ではなくあのときの……失った記憶なのだと確信していた。

皮膚に焼き鏝を当てられた熱さと痛みが鮮明だったからだ。

確信しているけれども、過去の記憶に混じる断片的な光景がライナルトを困惑させる。

(あれは……私の記憶ではない……)

混在している記憶の中に、明らかに自分の記憶ではないものがあった。

聖人の再来といわれていても、自分は似た力を持っているだけで、生まれ変わりなどではない――そう思っていたのだが、他人の目を通した記憶を見せられている感覚があった。

痛みや熱さ、苦しさはない。

けれど悲しいという感情は伝わってくる。

(聖力だけでも厄介なのに、余計な記憶まで)

気が重くなり長い息を吐いたとき、扉を叩く音がした。

返事をすると家令が姿を見せ、言い辛そうに「ルイーゼ様が寝室でお待ちになっているのですが」とライナルトに告げた。

◇◆◇

ルイーゼは夕食後すぐに入浴して身支度を調えると、早めに夫婦の寝室へ行きライナルトを待っていた。しかし、いくら待ってもライナルトは来ない。

ライナルトの言う『ひと月』をきちんと指折り数えた。間違えてはいないはずだ。

今日ライナルトは外出していた。疲れているのならば休ませてあげたいという気持ちになるが、自分の勘違いも正直に打ち明けるつもりで意気込んでいたため、引き延ばしたくなかった。

夕食のテーブルには、若い夫婦のためにと普段以上に滋養のあるとされる食材を使った料理が並んでいた。家令に指示され、料理人が張り切ってくれたのだろう。

料理を見たときのライナルトの態度から、てっきりわかってくれていると思っていたのだけれど……もしや今日が約束の日であることを忘れているのだろうか。

じっと待っていても仕方がないので、ルイーゼは家令にライナルトの様子を見に行ってもらう。夫婦の寝室で待ちながら、家令に「ライナルト様はすでにお眠りになっていたようで」とか「今夜は自室で眠られるそうです」などと告げられても落胆しないよう、自分に必死に言い聞かせた。

少しして再びノックの音がする。

ドキドキしながら返事をすると、ゆっくりと扉が開いた。

燭台《しょくだい》の光に浮かび上がったのは、艶やかな銀髪に、見蕩れるほど美しい顔をしたライナルトだ。いつ見ても神々しいくらい素敵である。

ルイーゼは嬉しくて微笑みをこぼした。

「ライナルト様。こんばんは」

「こんばんは。ルイーゼ」

ライナルトも挨拶を返してくれたが、困惑の表情を浮かべている。

「あなたが夫婦の寝室で待っていると聞いたのですが……その、なぜですか?」

「お忘れになったのですか？　ひと月に一度しようとあなたがおっしゃったのに」

やはり忘れていたのだ。

ルイーゼは悲しさと腹立たしさが入り混じった気持ちになる。

ライナルトは目を瞬かせた。

「……あれはその……先日から……。孤児院に慰問に行った日から、ひと月……という意味だったのですが」

どうやらライナルトは約束をした日からひと月後だと考えていたらしい。

孤児院の慰問から二日しか経っていない。

あの日からひと月後など、ずいぶん先ではないか。

「初夜からひと月後だと考えるのが普通です」

「え……いや、でも……」

「わたくしの考えのほうが普通ですし、正しいと思います」

狼狽えるライナルトに、ルイーゼはきっぱりと言い切った。

彼の空色の双眸を見つめると、ライナルトはたじろぐようにルイーゼから視線を外した。

「少し……その考えさせてください」

「考える……何をお考えになるのですか？　わたくしと閨をともにするのは、やはりお嫌なのでしょうか。ライナルト様からご提案されたのに……」

「いえ……その、今夜だとは思っていなかったので、心積もりをする時間が欲しいというか……。最近、聖力を抑えるのが難しいときがあるのです。あなたを傷つけてしまうかもしれない」

「それは精力が溜まっている……ということでしょうか？」

ひと月に一度で、毎日は無理だと言ったのはライナルトだ。

だから、毎日交合をしたがる精力の強い者とライナルトは違うのだろうと考えていたのだが、しかし本当は毎日したいのかもしれない。

ルイーゼを傷つけないために、我慢しているのだろうか。

「溜まる……？　いえ、そういうことではなく……感情の揺れを抑えきれないというか」

歯切れの悪いライナルトに、ルイーゼは申し訳なくなった。

初夜のとき、ライナルトの両手首を縛るほどに怯えていたルイーゼに、彼は気を使っているのだ。

「申し訳ありません。ライナルト様」

「……なぜ謝るのです？」

「初夜のとき、あなたの両手首を縛ったことをお詫びします。わたくし、思い込みからあのような真似を……」

「え？　ああ……聖力のことをお知りになったのですね」

「手首を縛る必要などなかったと、愚かにも今日になって知りました。無礼な真似をしてしまい、すみませんでした」

ルイーゼは頭を深々と下げた。

「やめてください。あなたが安心できればよいと思い、私も間違いを正さなかったのです。謝らないでください」

ライナルトの穏やかな声にルイーゼは安堵し、顔を上げ真剣な眼差しで言う。

「もう一度、初夜からやり直しをいたしましょう」

「……は？　いえ……。先ほどの話を聞いていらっしゃいましたか？　最近、少し感情が乱れていて、聖力を上手く抑えることができないかもしれない。あなたの身に傷でもつけてしまったら、私は生涯後悔し続けるでしょう」

ライナルトは珍しく険《けわ》しい眼差しでルイーゼを見下ろした。ルイーゼは怯まずに首を横に振る。

「痛みならば我慢いたします。潰してくださっても……かまいません」

「潰す……？」

「大丈夫です。ライナルト様。わたくし、あなたにならばどのような真似をされても、怖くはありません」

ライナルトの空色の眼差しが揺れる。

「……ルイーゼ。そのようなことを言ってはなりません。……あなたはここで休んでください。私は、部屋に戻ります」

「ひと月後と約束しましたのに」

ルイーゼは踵《きびす》を返そうとするライナルトの腕を摑む。

「その……今からひと月後にいたしましょう。その間に、心積もりをしておきます」

ライナルトは怯んだようにルイーゼを見返しながら言った。

「今からですか？　二日増えてしまいましたが……」

先ほどは孤児院の慰問の日からと言っていたのに、今日からひと月後だと、待つ日にちが二日も増えてしまう。

こうやって、先延ばしにしていく算段なのかもしれない。

「ライナルト様。わたくしのことを嫌って、いえ恨んでおいでなのですか。期待を持たせておいて酷いです」

ルイーゼは初めてライナルトに向かって責める言葉を口にした。

朝から、ライナルトと交合できると浮かれていた自分が恥ずかしくなる。「よかった」と喜んでくれた使用人たちの顔が脳裏に浮かび、彼らに申し訳ない気持ちになった。

「酷いです。ライナルト様」

じっと見上げ目が潤みそうになるのを必死に堪え、もう一度小さな震える声で詰る。

ライナルトの美しい顔が歪み、彼の腕を摑んでいたルイーゼの手が払われてしまう。

(怒らせてしまった)

わたくしは悪くないのに……と思いながらも、やはり敬愛するライナルトに嫌われたくはない。

「過ぎたことを言いました。申し訳ござ……んっ」

ルイーゼは謝罪の言葉を最後まで口にすることはできなかった。

長い腕に抱きしめられ、ライナルトの顔が近づいてきて、唇に柔らかなものが触れたからだ。少しして唇が離れてから、ルイーゼは口づけをされたのだと気がついた。

嫌がって、先延ばしにしようとしていたのに、気が変わったのだろうか。

ライナルトの変化を不思議に思うけれど、抵抗するつもりは微塵《みじん》もない。なんならこのまま、本当に抱き潰されて死んでもよいとさえ思った。

「……どうして、口づけをされたのですか?」

離れたばかりの唇をじっと見つめ訊ねた。すぐ傍にある唇が動き、吐息が顔にかかる。

「……嫌でしたか？」

「嫌なわけがありません」

恥じらいと高揚感で頬を染めながら、ルイーゼはライナルトのかたちのよい唇を指で触れた。

「もっと……してほしいです」

「……ルイーゼ」

口づけひとつで、ルイーゼはとても幸福な気持ちになっていた。


（そういえば、夕食も精力がつくとされている食材が並んでいた）

ルイーゼのふっくらした艶やかな唇を見ながら、ライナルトは夕食のときのことを思い出していた。

なぜかいつもより料理の品数が多く、家令や侍女たちはライナルトと目が合うと、みなニコニコと微笑みを返してきた。その様子が不思議で「今日はお祝いか何かですか？」と家令に訊ねると「私たちにとってもお祝いです」と返された。

曖昧な返答に、ライナルトは困惑した。ライナルトは彼らが何を祝っているのか知らない。彼らの言う「私たち」にはライナルトは入っていないのだ。のけ者にされているようで少々気落ちしたのだが――彼らはルイーゼから「約束したひと月後が今日である」と聞かされていたのだろう。

ルイーゼと同じく、彼らもライナルトが夫婦の営みを行うつもりでいるのだと思い、「私たちにとっても」という言い方をしたのだ。

屋敷の者たちが夫婦仲を案じているのは、ライナルトも気づいていた。

屋敷の使用人を用意したのは皇家だ。

ライナルトの監視役を兼ねている者もいるだろうし、元々ルイーゼ付きの侍女だった者もいる。彼らの考えがルイーゼ寄りになるのは当然だし、彼女の味方がたくさんいるのはよいことである。

（……あの夕食の量はやりすぎだと思うが……）

ライナルトは肉欲に呑まれまいと、誘うように開いているルイーゼの唇から視線を必死に外す。

先ほど片付けたばかりのガラスコップの破片が脳裏にちらついた。

あんなふうに彼女を傷つけてしまうのが怖い。

母たちを殺した手で、ルイーゼに触れるのは間違っている。

自分には誰かを愛する資格も、愛される資格もない。

ひと月ごとと約束したけれど、もう一度話し合い、白い結婚を彼女に納得してもらうのがきっと正しい。

今からでも遅くはない。彼女から離れるべきだと思うのに。

「ライナルト様」

囁《ささや》くような声で名前を呼ばれ、身動きができなくなる。

「酷い」とルイーゼに言われ、ライナルトの感情は掻《か》き乱された。

ルイーゼはいつも真面目で穏やかな顔をしている。

唇を尖らせて拗《す》ねる彼女の表情を見るのは初めてだった。そのうえ、ライナルトにならば何をされてもよいと言った。

感情がざわめかないはずがなかった。

羽織っただけのガウンの前ははだけていた。白のナイトドレスは薄絹のため身体の線がありありとわかる。

そんな扇情的な姿で、可愛らしく拗ねながら、愛らしい甘い声で詰られて——気づいたら、湧き上がってくる衝動のままに、彼女を抱き寄せて唇を重ねていた。

口づけたあと、もっとしてほしいと乞われ、ライナルトは自分でもわけがわからないま
ま、ルイーゼを抱き上げ寝台に運び、彼女の両脇に手をついて覆い被さっていた。
シーツにルイーゼの長い黒髪が広がっている。ほんの少し指を伸ばせば、柔らかな肌が
あり、ライナルトに触れてほしいと待っている。
間違っているとライナルトを止めようとしていたはずの理性が、これからする行為を必
死に正当化し始めた。
彼女が望んでいるのだ。
自分のためではない。
彼女のために、夫婦の真似事をするだけだ。
聖力も――。
初夜でもあれほど激しく動揺し高揚していたというのに、彼女に傷はつけなかった。
肉欲で感情が乱れたからといって、聖力を使いはしない。
今までの経験からして、聖力暴走の起因になるのは、痛みや怖れなどの負の感情、そし
て時折蘇る記憶とともに抱く、暗く澱《よど》んだ想い……。
そんな暗い感情をルイーゼに向けるわけがない。
だからきっと大丈夫だ。

そう自分に言い聞かせていると、ルイーゼの細い指がライナルトの頬に触れた。

「ライナルト様……わたくし、こう見えて、風邪を引いたことも熱を出したことも、お腹もくだしたことがない、丈夫な身体なのです」

ライナルトの葛藤を見透かすような、ひたむきな眼差しでルイーゼが言う。

いくら壮健であっても、聖力の前では無力だ。

ルイーゼの言葉は聖力に対してなんの意味もなかったけれど、情欲とは異なる温かな優しい感情がライナルトの中に芽生える。

「……決して傷などつけません……自制します」

「わたくし……あなたを……あなたの精力も含めて、すべてを受け入れたいのです」

聖人の証である奇跡の力。

ライナルトにとってその奇跡は、忌まわしいものでしかなかった。

人にはない力を持つ自分が恐ろしく、この力のせいで犯した罪の大きさに苛まれていた。

いつかまた、この忌まわしい力で誰かを傷つける。それが怖くて仕方がなかった。

「……受け入れてくれるのですか」

「もちろんです。あなたの妻ですから」

いつもと同じ真面目な顔をして、ルイーゼが言う。

胸が切なく疼いて、泣きたくなる。

ライナルトは涙を堪える顔を見られたくなくて、彼女に覆い被さり、ほっそりした首に顔を埋めた。


（……くすぐったい……）

ライナルトの息が首筋にかかると、ぞくぞくとしたものが背筋に走った。

ルイーゼはその感覚を誤魔化すように、ライナルトのサラサラした銀髪に触れた。

集団礼拝で祭壇にライナルトが立つとき、彼の銀糸の髪にステンドグラスの色とりどりの光が降り注いでいた。その神々しい姿を見るのが密かな楽しみだった。

（この髪に触れる日がくるなんて……）

夢見心地にライナルトの髪を撫でていると、ふっくらした熱いものが首筋に触れた。

吐息ではなく、唇を押し当てられている。

その唇が首筋から喉元に移動し、鎖骨から胸へと移動していく。

ナイトドレスの薄い布地越しに、彼の唇の温もりが伝わってきた。

「んっ……」

乳房にライナルトの手が置かれ、そっと中心部分に唇が触れた。

ルイーゼは恥ずかしくなって、ライナルトの唇を遮るように自身の掌で胸を隠す。

「……ルイーゼ？」

「わ、わたくしが……します」

半身を起こし、ライナルトとの位置を変えようとしたのだけれど、やんわりと肩を摑まれガウンを脱がされた。

「私を受け入れてくれるのでしょう？」

僅かに掠れた声で言われ、ぞくりとする。袖のないナイトドレスのため、肌寒いせいかもしれない。

「ライナルト様は……初心者でいらっしゃいますから。わたくしが教えて差し上げます」

閨事は殿方に任せるのが通常だろうが、それは相手が純潔を重んじる聖職者ではない場合だ。

「あなたも初心者でしょう？」

「わたくしは初夜の前に、閨事について教わっておりますので」

「……この身体を誰かに触れさせたのですか？」

ほんの少しライナルトの声が尖ったことにどきりとする。

「いいえ。口頭で教えられました。あとは書物です。ライナルト様は、わたくしが実技を受けていないことを不安に思われているのですね」

勘違いがもとで、手首を縛ったりしている。もしかしたら、初夜のときのルイーゼのやり方が覚束なく、不満だったのかもしれない。

「二度目ですし、今度はもっと上手く、ライナルト様を気持ちよくできると思います」

初夜のときに初めて男性の身体に触れ、男性器を見た。いろいろと驚きや戸惑いがあったため手間取ったが、今夜はもっと上手くやれる気がする。

そして何よりも、たくさん触れて、ライナルトを気持ちよくしてあげたかった。

「……ライナルト様？」

「じっとしていて」

優しげな声で命令され動かずにいると、胸元に冷気が触れた。ナイトドレスを肩からするりとはだけられて、胸が露わにされてしまっている。ルイーゼは慌てて胸を押さえて隠した。

「何をなさるのですっ」

「閨事をするのでは？」

「脱がしていただかなくとも、自分で脱げます」

「自分で衣服を脱ぐように教えられたのですか？　閨事は女性ではなく、男性が主導権を握るのが普通だと思います」

「確かに殿方に任せて、身を委ねるのが通常です。ですがライナルト様は聖職者で、性の知識がありません。ですからわたくしが教えて」

差し上げるのです——と言いかけた唇に、ライナルトの長い指が触れる。

「ならルイーゼ。あなたが主導権を握る交合ではなく、今夜は通常の交合をしましょう」

気のせいだろうか。空色の瞳が妖《あや》しく煌めき、微笑んでいる唇が少し意地悪く見えた。

「……ライナルト様に身を委ねるのですか？　けれども……知識が、その、おありにならないのに」

「あなたが教えてくださるのでしょう？　通常はどう進めるのか、それは学ばれていませんか」

「……学んでいます」

ライナルトとの初夜での行為は、通常のやり方の派生的なものとして教わっていた。

男性が勃起をしないときは触って差し上げる。男性が愛撫《あいぶ》を怠るときは、自身のそこを潤滑剤でほぐさねば怪我をしてしまう……など。

「あなたが学ばれたことを私に教えてください」

ライナルトはそう言って、指先でルイーゼの唇をなぞった。

「……まずは、口づけをします」

躊躇いがちにルイーゼが言うと、ライナルトが唇を重ねてきた。

ちゅっと小鳥が啄《ついば》むような口づけのあと、すぐに唇が離れる。

「それから……？　どうするのです」

ライナルトの顔が近い。

息が触れ合うほどの至近距離で訊ねられ、ルイーゼの顔に熱が集まる。

「それから……胸の愛撫を」

落ち着かず、ぎゅっと半脱ぎ状態のナイトドレスを胸元で握りしめながら言う。

「口づけは？　これで終わりですか？」

「舌を絡める深い口づけもありますが……」

今夜はこれで口づけは終わり。そう続けようとしたのだけれど。

「では唇を開いて。舌を出してください」

真剣な顔をしてそう言われ、ルイーゼは躊躇いながら舌を出した。

ぬとっ、と生温かなものが舌先に触れる。

ルイーゼはビクリと肩を震わせ、舌を引っ込めた。

「ルイーゼ。それだと、舌を絡められませんよ」

「も、申し訳ございません。舌の感触に驚いてしまいました」

「なら私が舌を出しているので、あなたから絡めてきてください」

「……わたくしからですか？」

「はい。どうぞ」

ライナルトが口を開き、舌を差し出す。舌を出している姿など初めて見る。凜々しく清廉な彼からは想像がつかない姿だ。どちらかというと間抜けな姿なはずなのに、てらりと濡れた舌先が妙に色っぽい。

ルイーゼは胸を弾ませながら、舌先を伸ばしライナルトの舌に触れ合わせた。

（……なんだか、恥ずかしい……）

ぺとりと触れ合わせたものの、落ち着かなくなってルイーゼは俯く。

「……ルイーゼ？」

「口づけは終わりです」

「終わりですか？」

「はい。つ……つぎは、胸の愛撫です。ライナルト様も服をお脱ぎになってください。

……いえ、わたくしが脱がして差し上げます」

ルイーゼは彼のシャツに手を伸ばすが、押さえていたナイトドレスがはらりと落ちたのに気づき、はっとして胸元を隠した。ライナルトがフッと息だけで笑う。

「ご自分で脱いでくださいませ」

ルイーゼは恥ずかしくなりながら言う。

(初夜のとき、ライナルト様に裸を見せたというのに……)

いまさら、隠す必要などないのに。

あのときは、ライナルトの両手首を縛っていたせいなのか、初めてで緊張し気が昂っていたせいなのか、それほど恥ずかしくなかった。

なのに今夜は、ライナルトが妙に落ち着いているからなのか、恥ずかしくてならない。

自身の感情の変化に戸惑いながら俯いていると、衣擦れの音が聞こえてくる。

「下も脱いだほうがいいですか」

「いえっ……下はまだいいです」

「脱ぎましたよ」

顔を上げると、衣服の上からでは知りようもないライナルトの逞しい裸体があった。

いったいどうしたというのだろう。

見られるのだけでなく、見るのも恥ずかしい。

「横になりますか？」

優しく問われ、ルイーゼは頷く。

横たわったほうがライナルトの姿を見ずにすむと思ったのだ。仰向けに寝転ぶと、ライナルトが覆い被さってくる。けれども体重はかからないように気を使ってくれているらしく、重くはなかった。

「ルイーゼ、胸の愛撫をするので、手を外してください」

手で隠したままでは胸への愛撫はできない。

ルイーゼはおずおずと胸を隠していた手を外した。しかし外した手をどこにやればよいのかわからない。シーツの上で彷徨わせていると、両手がそれぞれライナルトの手に捕らえられた。

ライナルトの空色の眼差しが胸元に向かうが、両手を握られているため隠すことはできない。戸惑って彼を見上げていると、美麗な顔が露わになった胸に近づいていった。

「……ライナルト様……ん……だ、だめです……」

乳房の裾野に温く柔らかなものが触れる。ライナルトの唇だ。

止めようとするけれど、両手を握られているので、身じろぐことしかできない。

「だめなのですか？　胸の愛撫ですよ、ルイーゼ」

熱い息がかかり、胸の中心がぎゅっと縮こまったように痺れた。

「手で、愛撫してください」

「口ではしないのですか？」

確か乳首を赤子のごとく吸うのも、前戯《ぜんぎ》のひとつだと書物には書いてあった。

「しますけど……ですが、その、口での愛撫は、その汚くもありますし、無理してしなくともよいと思うのです」

「私の舌は汚いですか……」

「いえ。ライナルト様が汚いのではなく、わたくしの肌です。汚く感じられるのも通常の感覚ですし、口でしなくともよいのです」

「……入浴したのでしょう？　あなたはよい香りがする」

嗅がないでと止めるよりも先に、ぺろりと滑《ぬめ》ったものが乳房を這った。

「ラ、ライナルト様……だ、だめです」

「汚くはありませんよ。ルイーゼ」

一度離れた舌が再びぺたりと乳房に触れたかと思うと、ツッと中心に向かい刷くように撫でる。そして――。

「あっ……」

ルイーゼは思わず甘い息をこぼしていた。

ぎゅっと縮むように痺れた胸先にライナルトの舌が触れたのだ。

「やっ……んっ、だ、だめです……」

芯を持ち硬くなった乳首が温かなものに包まれた。

ライナルトの口内に入れられ、ちゅっちゅっと吸いつかれている。

（これ……だめ……どうしよう……）

初めての感覚にルイーゼは戸惑う。

胸の先が甘く痺れ、やめてほしいのに、もっとしてほしいような、不思議な感覚が生まれる。くすぐったくて、熱くて、もどかしい。

「だめです……ライナルト様……だめ……」

身じろぎながら何度目かの駄目を口にしたあと、ライナルトが顔を上げる。

「嫌なのですか？　ルイーゼ」

彼のかたちのよい唇が動くのにすら、あの唇が今自分の乳首を吸っていたのだ、と意識してしまいドキドキする。

「胸の愛撫は終わりです。ライナルト様。退けてください」

「……だめと言っているのにやめなかったので、怒ったのですか？」

「違います。潤滑剤を使いますので、取りに行くのです」

「……どこにあるのです」

「寝台の傍にある棚の、一番上の引き出しの中です」

そう言うと、ライナルトの身体がルイーゼの上からいなくなる。繋がれていた手が離され、なんだか寂しい気持ちになった。

カタンという音のあと、戻ってきたライナルトの手には、小さな瓶が握られていた。

「ありがとうございます」

礼を言い、ルイーゼは痺れて重くなっていた半身を起こし、彼に手を差し出した。

「私が塗ります」

興味深げに瓶を見つめながら、ライナルトが言う。

「そうですか。ならば、先に使ってくださいませ」

「横になって脚を開いてください」

思わぬ指示をされ、ルイーゼは驚いて彼を見つめ返す。

「なぜですか？」

「なぜって……あなたに塗るからですが……」

「違います！　ご自分の男性器に塗ってくださいませ」

それぞれ自分で、自分の性器に潤滑剤を塗る。そう思っていたルイーゼは、思わず強い口調で言い返した。

「わかりました」

ライナルトはそう言うと、トラウザーズのボタンを外し始めた。

ルイーゼは視線を逸らす。

瓶の蓋を開ける音のあと、ちゅくちゅくという水音がした。

初夜のときのことを思い出す。

大きく硬い棒状の男性器。

あれに潤滑剤を塗《まぶ》しているのだろう。

想像すると、心臓が口から飛び出てしまいそうなほど動悸が激しくなり、顔に熱がどんどん集まってくる。

「終わりましたよ」

動揺するルイーゼとはうらはらに、ライナルトは落ち着き払っている。初夜とは立場が逆転していて、なんだか釈然としない。

「わたくしも塗りますので、あちらを向いていてください」

ライナルトから視線を逸らしたまま手を差し出したのだが、待っていても掌に瓶が置かれない。

「ライナルト様？」

「ルイーゼ。やはり、私が」

「あちらを、向いていてください」

ルイーゼは強い口調で言い、彼の下半身から意識的に目線を外しながら、ライナルトの手にした瓶を取った。

「あちらを向いていてくださいませ」

再度念を押すと、「はい」という返事があった。

ルイーゼは瓶を傾け、粘り気のある液体を掌に垂らした。そうして、液がナイトドレスに付着しないよう気をつけながら、自身の脚の合間に手をやる。

「……っ」

小さく息を吐きながら、濡れた中指をその部分に押し込んだ。

女性器は、男性の愛撫により快楽を覚えると、男性器を受け入れやすくするために液体を分泌するらしい。

体質や年齢により濡れ具合には個人差がある。濡れが少ない場合や、愛撫などせずにすぐさま交合する際にも、潤滑剤を使用するのだ。

（もしかしたら……先ほどの胸への愛撫のせいかしら）

潤滑剤以外のもので、そこが潤っているような感覚があった。

継ぎ足さなくとも大丈夫そうだったので、脚の間から指を抜いた。

「……終わりましたか？」

「え。あ、はい」

顔を上げると、ライナルトが手を差し出していた。

ルイーゼは片手に持っていた潤滑剤の入った瓶をライナルトに渡す。

彼の下半身から意識を逸らしながら、棚に潤滑剤を置きに行くライナルトを見つめていたのだが……。

（どうして、ライナルト様は終わったことに気づいたのだろう……）

「ライナルト様……あちらを向いていてくださいましたか？」

「え？　……ええ」

どこか気まずそうな笑みを浮かべたライナルトをルイーゼは訝しむ。

「本当に……？」

「ええ。ルイーゼ。交合してもよろしいですか？」

「よろしいですけれど……本当にこちらを向いてはいませんでしたか？」

ライナルトは笑みを浮かべたまま、ルイーゼの問いかけに答えず身体を寄せてくる。

寝台に押し倒され、上に覆い被さるライナルトを見上げる格好になった。

空色の双眸が近づいてきたかと思うと、そっと唇が唇に触れた。

口づけは嬉しかったが、ルイーゼは誤魔化されているような気持ちになる。

「こちらを向いてはなりませんと申しましたのに……」

「すみません」

恨みがましく言うと、ライナルトは素直に謝罪を口にした。

「見てはならないとは思ったのですが、気になってしまいました」

「……んっ……」

ライナルトの手が下肢に伸び、乱れたナイトドレスの裾をたくし上げる。そして、脚の合間に触れた。

「濡れています」

「潤滑剤を塗りましたから……あっ……ライナルト様。挿入してくださいませ」

しっとりと濡れたそこを、ライナルトの指がなぞる。

じくじくとした疼きに震えそうになりながら、ルイーゼは彼に強請《ねだ》った。

「この……狭い場所に入りますか……？」

「初夜のときも挿入いたしましたので、大丈夫です」

ルイーゼは彼の身体を迎え入れるよう、脚を開いてみせた。

「……ルイーゼ」

ライナルトが低く囁くような声でルイーゼの名を呼び、開いた脚の合間に腰を入れる。

「あっ……っ……」

ひと月ぶりに身体の中に熱く硬いものが入り込んでくる。

身を割られる痛みは、最初のときほどではない。けれども、決して楽ではなく、みしみしと身体の中が軋むほどに苦しい。

ルイーゼはシーツに爪を立て、その苦しさをやり過ごす。

「うっ……ん」

ぐっと身体の一番奥まで、剛直が入り込んできた。

ルイーゼはふうふうと大きく息を吐く。

「ルイーゼ……大丈夫ですか……?」

ライナルトの問いかけに、ルイーゼは頷く。

「だ……大丈夫です……ライナルト様。回数を重ねるごとに、女性の身体は慣れていくのです……思うがままに……わたくしを抱き潰してくださいませ」

精力のままに。

妻として、彼の鬱屈した欲望を受け止めたい。そんな思いを込め、彼を見つめた。

「……抱き潰しは……しません……」

「んっ……あっ……っ」

ライナルトがゆっくりと腰を振り始める。

そして、何度か往復したあと――びくりと震え、息を詰めたかと思うと、身体の奥で何かが弾ける感覚があった。

「……ライナルト様……射精をなされたのですか？」

「…………す、すみません」

ライナルトはなぜか、しょんぼりとした表情で謝罪をしてくる。

「……どうして謝られるのですか？」

「いえ……その……子種が……出てしまいました……ので」

言い辛そうにライナルトが言う。交合なのだから、子種を出すのは当然である。なぜ謝るのか、やはりわからない。考えを巡らせていたルイーゼは、閨事について書かれていた本にあった『遅漏』『早漏』という言葉を思い出す。

殿方には子種を出すのが、極端に遅い者と早い者がいるらしい。遅漏の場合は、女性の負担が大きく、早漏の場合は女性側が満足できないという。

「ライナルト様は、早漏なのですか？」

「…………いえ、私は……」

ライナルトが小声で、弱々しく、曖昧に否定する。

「もしかして、ライナルト様はわたくしの身体の負担を考え、早めに射精をされたのでしょうか。気を使わせてしまい、申し訳ありません」

人より強い精力を持っているライナルトである。

どちらかといえば、遅漏であろう。抱き潰しはしないとの宣言通り、ルイーゼの身体のために早く終わってくれたに違いない。

「……いえ。その……」

「ライナルト様が満足されるように、わたくし、体力をつけます」

「え。ああ。はい」

ライナルトは空色の視線を彷徨わせながら頷いた。

柔らかくなったライナルトのそれが、身体の中から抜けていく。

「……では私は、自室に戻りますので。あなたはゆっくり休んでください」

――同じ寝台で、朝まで共寝したい。

湧き上がった思いにルイーゼは戸惑う。

交合さえしてくれたら満足と思っていたのに。

願いが叶うと、また次の願いを抱いてしまうのが不思議だ。さすがに口に出してお願いはできなかったので、寝台から下り衣服を着て、去っていく彼の背をルイーゼはじっと見つめることしかできなかった。

第六章　襲撃

「あっ……んんっ……」

柔らかくしっとりと濡れた膣壁《ちつへき》が、ライナルトの肉茎を引き絞るように絡みついてくる。

ライナルトは悦楽のあまりすぐに果ててしまわないよう、下唇を噛みやり過ごした。

ルイーゼと婚姻し、四ヶ月と少しの月日が過ぎていた。

彼女とは今夜で五度目の交合になる。

ルイーゼの身体の中は狭く、キツい。

それがひと月という間隔を開けているせいなのか、彼女の女性器がライナルトを受け入れるには狭すぎるのかはわからない。

ライナルトにとってはそのキツさは心地よいが、彼女は苦しみが強いのだろう。快楽を感じているようには見えない。

　自分だけが悦楽を感じるのを申し訳なく思い、彼女の身体を慣らすために愛撫をしようと試みるのだが、ルイーゼはライナルトが下腹部に触れるのを拒む。

　ライナルトを聖力ごと受け入れてくれると言っていたが、自分たちは愛し合う夫婦ではなく、あくまで政略によって結ばれた関係なのだ。自分のような男に、大事な場所を触れられたくはないのだろう。

　ルイーゼに悦楽を与えるのは難しくとも、せめて痛みだけでも減らしたいと、ライナルトは潤滑剤を使用していた。

　ライナルトは潤滑剤で濡れた蜜壺に何度か腰を押しつけたあと、彼女の締めつけに誘われるように子種を吐いた。

「……んっ。あっ」

　心地よいその場所から己を抜き取ると、ルイーゼがほどけた唇から息を弾ませた。

　その甘やかな声に再び下半身に熱がこもりそうになるのを叱咤し、滑らかな肌から身体を離す。

「……お部屋にお戻りになるのですか……？」

　寝台から下り衣服を整えていると、背後からルイーゼが訊ねてくる。

「ええ。……侍女を呼びましょうか？」

汗ばんだ身体のままでは眠り辛いかと思ったが、ルイーゼは首を横に振った。

「おやすみなさいませ。ライナルト様」

「おやすみなさい。ルイーゼ」

挨拶を交わし、寝室をあとにして自室に戻ったライナルトは、上着を脱ぎ、寝台に腰をかけた。

相変わらず室内に物は少ない。元々、物をため込まない質《たち》だ。何かを収集する趣味もなく、衣服にこだわりもない。

結婚当初から部屋の内装は変わっていないが、日々の生活はだいぶ変わった。

教会は未だ人手不足だが、最近は手伝う回数を少しずつ減らすようにしている。

代わりにクナウスト公爵として、家長としての役目を家令に教わっていた。

とはいっても治める領地もなく、皇族として仕事を任されているわけでもないので、主に社交に必要な知識とマナーやダンスを学ぶくらいだ。

特にダンスはルイーゼが練習に付き合ってくれたおかげで、見られる程度には上手くなっていた。

社交の場や奉仕活動には夫婦で参加するようにしているが、屋敷では食事のとき以外、夫婦一緒に過ごすことはあまりない。

　ライナルトは机に置かれた造花に目をやった。不格好な薔薇と、本物と見間違えるほどよくできた薔薇の造花がある。

　不格好なほうは孤児院でルイーゼが作ったもの。よくできているほうは、不格好なものと交換してほしいと彼女が持ってきたものだ。

　せっかく作ってくれたものである。交換したくなくて両方とも譲ってもらい、机の上に飾っている。

　真面目な彼女は、孤児院で上手く作れなかったのを反省し、造花を作る練習をしていたらしい。

　ずいぶん腕を上げたらしく、ルイーゼの作る美しい薔薇は額縁や籠に入れて、屋敷の至る所に飾られるようになった。

　造花作りだけではない。

「わたくし、体力をつけます」

　以前、そうライナルトに宣言したとおり、階段の昇り降りを繰り返したり、廊下をぴょんぴょんと跳ねている姿を頻繁に見かけるようになった。

　交合を重ねるごとに少しは長くもつようになったと思うのだが――ライナルトの射精が

早いのは、ルイーゼに体力がないせいだ、と彼女は誤解していた。

訂正したいが何をどう伝えるべきかわからず、そのままになっている。

家令にルイーゼに運動をやめるよう言ってほしいと頼んでみたが、「健康を気にされているようですから、お止めするのも憚られます」と、やんわりと断られた。

ルイーゼの運動は閨事に関連していると知っているのか、家令も侍女も誰も彼女を止めない。むしろ応援している節がある。

最近はライナルトも、ルイーゼは閨事に関しては引かないところがあるので、達観した気持ちで見守っていた。

困惑や戸惑いも多い日々だが、聖王であったときよりも穏やかだ。

ルイーゼは閨事以外、基本的にライナルトに干渉しない。

一人で出歩くのは当然禁止されていたが、屋敷の者たちや衛兵たちは基本的にはライナルトの行動を制限しなかった。

けれど居心地がよい日々だからこそ、罪悪感が募《つの》って胸が苦しくなる。

孤児院で倒れたあと、数日間は断片的な過去を頻繁に思い出し、夢で見ては魘され飛び起きていたが、徐々に記憶は虚《うつ》ろになり夢も見なくなっている。

聖力で物を壊してもいない。

（……このまま、日々が過ぎていけば）

ルイーゼが子を孕んだら夫としての役割は終わり、彼女にとって自分は価値のないものになるだろう。

スサネ教もヴェルマー大司祭の元、新たに立て直され、聖王も聖人も過去のものになれば――信徒や民、皇帝や国にとっても価値はなくなるはずだ。

己の役目を終え、この日々が終わるのを望んでいるはずなのに――穏やかな日々が少しでも長く続けばよい。

白い結婚を申し出ておきながらルイーゼを抱き、大罪人のくせに穏やかな日々にどっぷりと浸かって身勝手な願いを抱く、そんな自分が酷く醜く思えた。

◇◆◇

ルイーゼは久しぶりに皇宮を訪れていた。

先日、妊娠中だった皇太子妃が男子を出産した。産後も母子ともに健康だと連絡をもらい、甥《おい》の顔を見せてもらいに来たのだ。

乳母に抱かれた赤子は、想像していた以上に小さく驚いてしまった。

(あのように小さいなんて……)

落としでもしたら、大怪我をしてしまうだろう。

ここ最近は階段の昇り降りや、淑女としてはしたないと自覚しつつも廊下を走って体力作りをしていたが、それだけではたりない。腕の筋力も鍛えたほうがよいだろう。

「まだ結婚したばかりなのですから。焦らずとも大丈夫ですよ」

真剣な顔で赤子を見つめていると、皇太子妃が元気づけるように微笑んだ。

どうやら皇太子妃はルイーゼが不妊に悩んでいると思ったらしい。焦ってはいないけれど、子どもが欲しいのは事実なので「そうですね」と頷いた。

ひと月後に皇子誕生祝いの盛大な夜会も催されるのだという。

もちろんルイーゼもライナルトとともに招待されている。

赤子の愛らしい顔を見ているうちに時間が経ち、皇宮の門を出たときには午後を過ぎていた。

皇宮から屋敷までは近いため、馬車を囲む護衛は少人数であった。

ライナルトと結婚して四ヶ月と少し。

彼と初めてともに出た夜会以降、危険な目に遭っていない。

集団礼拝にも出ているが、ひと目でもライナルトの姿を見ようと大勢の信徒が集まり、少し混乱が生じたくらいですんでいる。

ひと月前、ライナルトと大聖堂で行われる集団礼拝へ赴《おもむ》いたとき、ヴェルマー大司祭と会った。

ライナルトはヴェルマー大司祭に礼をとり、いつも以上にルイーゼに丁寧に接した。まるで、幸せな夫婦であることを伝えようとするかのような仕草に、ルイーゼはヴェルマー大司祭こそがライナルトが還俗し不本意な婚姻をしてでも守りたかった人なのだろうと推測した。

ヴェルマー大司祭は「お幸せそうで安心いたしました」と何度も小さく頷いていた。

ルイーゼはヴェルマーという人物のことを、あまりよく知らない。面と向かって話をしたのも、この日が初めてだった。

若い頃に不幸な事故に遭い怪我を負ったらしく、顔半分を包帯で覆っている。そのため他の司祭たちより目立っていて、顔と名前だけは知っていた。

あまり積極的には奉仕作業に顔を出していなかったように記憶しているが、ライナルトが救いたいと思い、信頼を寄せている人なのだ。真面目で奥ゆかしい人格者なのだろう。

枢機卿一派の起こした皇帝暗殺未遂事件のせいで、スサネ教は信徒の信頼と聖都タラの自治権、そして聖王ライナルトを失った。しかし大司祭となったヴェルマーの元、教会は落ち着きを取り戻しつつある。

日々が過ぎるごとに、枢機卿の事件は過去のものとなる。そして、このまま何事もなく穏やかな日々が続いていくのだろう。ルイーゼはそう期待していた。

まどろんでいると馬車が突然停まった。外が俄《にわか》に騒がしくなり、ルイーゼははっとして目を開けた。

「……何かあったのでしょうか……？」

同乗していた侍女が顔に緊張の色が浮かべながら、小窓から外の様子を窺う。ほぼ同時に、馬車の扉が勢いよく開かれた。

年の頃は四十代……いや、もっといっているだろうか。

ひょろりと背の高い、短髪で眼光の鋭い男だ。

「おい、女っ！　猊下……ライナルトはどこにいる？」

男は侍女とルイーゼに視線を向けると乱暴に言い放つ。

「こ、ここには……おられません」

侍女が震える声で返す。

「ハッ！　そんなこと見たらわかる。どこにいるのかと訊いているんだっ」

男の手に短剣が握られていることに気づき背筋がゾッと冷たくなるが、ルイーゼは平静を装い、穏やかな声で彼の質問に答えた。

「ライナルト様は皇宮におられます」

今日、ライナルトは教会の施設に行くと聞いていた。

当然彼にも衛兵はついているが、正直に居場所を答えて、万が一にでもライナルトの身を危険に晒したくはなかった。

皇宮の警備は厳しい。皇宮にライナルトがいると知ったところで、目の前の男は手が出せないだろう。

「……皇宮か……さすがに、皇宮に入り込むのは無理だな」

ルイーゼの考えたとおり、男は残念そうに言う。しかし——。

「仕方がない。皇女殿下で我慢しよう」

男は侍女を脇に押しやると、ルイーゼの腕を摑んで嗤《わら》った。

(護衛の兵たちはどうしたのだろう……)

ルイーゼはギリギリと締め上げられる腕の痛みに耐えながら、男が開け放しにしている扉の向こうを窺う。

数人の黒い外套《がいとう》を纏った男たちが、馬車を取り囲んでいるのが見えた。その男たちと衛兵たちが争っている。衛兵たちはルイーゼたちを助けようとしてくれていたが、なかなか馬車に近づけないようだった。

皇宮から屋敷までの経路は人通りの多い大通りだ。

治安のため兵士が帝都を巡回していて、特に皇宮周辺は多くの兵士が配置されていた。じきに騒ぎに気づき、加勢してくれるはずだ。

時間稼ぎをしなければならない。

「あなたは信徒の方ですか？　ライナルト様になんの御用があるのでしょうか」

ルイーゼはゆっくりとした口調で、男に語りかけた。

「信徒だと？　ふざけたことを言うな！　私は司祭だぞっ」

司祭と言われて気づく。

祭服ではなく民のような軽装で、髪も短くなっているのでわからなかったが、男は枢機卿といつも行動をともにしていたホーファ司祭だった。

（確か……彼も捕まり、処罰を受けたはず……）

あの事件は民に与える影響を考慮され、最高刑に処されたのは枢機卿と彼の直属の部下数名だけだ。他の罪人は、国境近くにある監獄に送られていた。ホーファ司祭も処刑されず、罪人として移送されたはずだった。

（……脱獄したのだろうか）

しかし脱獄したにしては、清潔な衣服を着ている。

ホーファはルイーゼに短剣の切っ先を向けながら、薄ら笑んだ。

「ライナルト……あの男があの方を陥《おとしい》れたのだ。やつを聖王に後押ししたのはあの方だというのに。恩を忘れて皇帝におもねり、あの方を死に追いやった。これは、大罪だ」

ホーファが言うあの方というのは枢機卿のことだろう。

「あの方は才能に溢れた高潔な人柄だった。ライナルトは嫉妬したのだ。自分より信徒に慕われているのが許せなかったのだ！」

ホーファの目には、いったい何が映っていたというのだろう。

立ち位置が違えば、見え方は違う。けれど、ライナルトより枢機卿が慕われていたなど、あり得ない。

枢機卿の傲慢さと横柄さは有名であった。

だからこそ皇帝暗殺未遂事件が起き、ライナルトの無実を信じて助命を願う信徒はいても、枢機卿の無実を信じて助命を願う信徒はいなかった。――枢機卿の側で甘い汁を吸っていた者以外は。

だが、このような状況で相手の感情を逆撫でする発言はしてはならない。

わかっていたのに、ルイーゼはすべてライナルトのせいにするホーファが腹立たしく、つい反論を口にしてしまう。

「誰かのせいではありません。枢機卿、そしてあなたは、自ら犯した罪により裁かれたのです。もしも罰が不当だと言うのであれば、刃物を手に襲うのではなく、正式に訴え、裁判のやり直しを請求するべきです！」

「黙れっ！」

ホーファは目を見開くと声を荒らげ、ルイーゼの頬を平手打ちする。

「ルイーゼ様っ！」

悲鳴混じりに侍女がルイーゼの名を叫ぶ。ルイーゼを守るため割って入ろうとした侍女をホーファは突き飛ばした。侍女の身体を受け止めたルイーゼは、衝撃で馬車の椅子に背を打ちつけてしまう。

「っ……あなたの狙いはわたくしでしょう？　侍女には手を出さないでください」

痛みで顔を顰めながらも、ルイーゼはホーファを見上げる。

「狙いはライナルトだが、お前でもかまわん！　お前の首をあの方に捧げよう。ライナルト、そして皇帝よ！　己の犯した罪を悔いるがいい!!」

ホーファが短剣を振り上げたときだった。

ダンと馬車が大きく揺れホーファがよろめき、短剣の切っ先がルイーゼの腕を掠る。同時に兵たちの手によりホーファが引きずり下ろされた。

あっという間の出来事であった。

「ルイーゼ様っ……」

侍女が青ざめた顔でルイーゼの右腕に視線を落とす。

ドレスの布地が裂け、露わになった肌から血が流れていた。侍女がすぐさま自身の衣服を破り、止血をしてくれる。

ヒリヒリと痛むが、血の量は多くない。深くは切れていないだろう。

「ルイーゼ様、ご無事ですか！　別の馬車を手配しますので、そちらにお移りください」

衛兵と侍女の手を借り、ルイーゼは馬車から降りた。

乗っていた馬車を見ると、ホーファと彼の仲間たちに襲撃された際に壊されたのか、それとも先ほど衛兵が突入してくる前に揺れたときか、車輪が外れかけていた。

ホーファの仲間たちも、衛兵によってすべて捕らえられていた。

怪我をしている者もいるようだが、みな軽傷なようでルイーゼはほっとする。

辺りを見回していると、衛兵に捕縛されているホーファと目が合う。

ホーファは激しい怒りのこもった視線でルイーゼを睨みつけた。そして声を張り上げ、憎々しげに叫んだ。

「自ら犯した罪で裁かれるというのならば、ライナルトこそ裁かれるべきではないか！　何が聖人の再来なものか！　呪われた力を持つ、あれは大罪人だ！」

衛兵が慌てて身体を押さえつけ、ホーファに猿ぐつわをして黙らせる。

（大罪人……？）

世迷い言だ。しかし、ふとルイーゼは思い出す。

――私は以前、とても大きな罪を犯しました。

ライナルトがそう話していたことを――。

◇　◆　◇

ライナルトが教会の手伝いを終わらせて、雑務室をあとにしたときだった。

門のほうに向かっていると、十人ほどの衛兵が駆け寄ってくるのが見え、ライナルトは目を眇《すが》めた。

ライナルトと行動をともにしている衛兵も、何か緊急事態が起きたのかと身構える。

「ルイーゼ様が脱獄した元司祭に、襲われたようです」

駆け寄った衛兵の一人が硬い声でライナルトに告げた。

「……襲われた？」

思わぬことを告げられ、心臓が嫌な音を立てた。

「襲ったのはホーファ元司祭です。脱獄したのはもう十日も前だというのに監獄の責任者が処分を恐れて報告をせず、秘密裡に捜索していたのです」

ホーファは枢機卿に付き従い、甘い汁を吸っていた司祭の一人だ。

枢機卿ですらも表向きはライナルトに媚びへつらっていた。しかしホーファはライナルトを小馬鹿にしている態度を隠さなかった。

皇帝暗殺未遂で捕らえられたとき、大人しく罪を認める者も多かった中で、彼は最後まで自分たちの無実を主張していたという。

（なぜ……ルイーゼを……）

聖力を暴走させてはならないというのに、ルイーゼが襲われたという言葉はライナルトの心を強く揺らした。

視界が黒く澱んでいきそうになるのを堪え、震える唇を開く。

「……ルイーゼは……無事なのですか？」

「ええ。少し怪我をされたようですが、ご無事です」

ルイーゼは事件のあと、皇宮に戻って侍医の治療を受けているらしい。それがすみ次第屋敷に戻る予定だと説明されてライナルトは安堵する。

ホーファ元司祭と協力者たちはその場で捕らえられたが、念のため衛兵を増やすこととなり、彼らはライナルトを迎えに来たのだという。

急いで帰宅したライナルトは、玄関の前で家令たちとともにルイーゼの帰りを待った。

しばらくして外が騒がしくなる。

屋敷に帰ってきたルイーゼは、家令たちだけでなくライナルトまで玄関で待っていたのに驚いたのか黒い瞳を丸くさせた。

侍女に身体を支えられているルイーゼの右腕には包帯が巻かれていた。頬にも白い布が貼り付けられている。

ライナルトはルイーゼの痛々しい姿に言葉を失う。

「ご心配をおかけしました」

申し訳なさげに言うルイーゼにライナルトは静かに近づき、白い布の貼られた頬に恐る恐る指を這わせた。

「大げさな治療をされておりますが、腫《は》れが酷くならないよう冷やしているだけです」

「……腫れ……？」

「ええ。頬を叩かれましたので」

恐ろしかっただろうに、ルイーゼは淡々と言う。

「これは……？」

ライナルトはそっと包帯の巻かれた腕に触れた。

「短剣が少し掠っただけです。もう血も止まっています。傷痕は少々残るかもしれません
が……。……申し訳ありません」

「どうしてあなたが謝るのです？」

「傷痕の残った妻など……お嫌でしょう」

「あなたが二目と見られない姿になろうとも、嫌などと一片たりとも思いはしません」

ライナルトが思わず抱きしめようとすると、ルイーゼは顔を歪め呻いた。

「ルイーゼ？」

「その……突き飛ばされたときに、椅子に腰をぶつけてしまいまして。骨に異常はないら
しいのですが、触られると痛いのです」

(何が少しの怪我だ……)

怒りがこみ上げてくるのを、必死で抑える。感情を揺らし、聖力を暴走させてはならな
い。それでルイーゼを傷つけでもしたら……愚かな自分を決して許せない。

「……歩けますか？」

「ええ。……しばらくは支えが必要だとは思いますが」

「少しだけ我慢してください」

「え……っ」

ライナルトは腰を屈め、ルイーゼの尻に腕を回し、担ぐようにして抱き上げた。

そんな真似をされるとは思ってもいなかったのか、ルイーゼが狼狽える。家令と侍女も驚いていた。

「ライナルト様……あ、歩きますから」

「決して落としません」

教会の奉仕作業の中には肉体労働もあった。聖職者は非力だと思われがちだが、それなりに筋力はある。

ライナルトは抱えているルイーゼに振動を与えないよう慎重に歩く。

ルイーゼの自室よりも近いため、夫婦の寝室の寝台に彼女を横たわらせた。

「お食事はどういたしましょう。こちらにお持ちいたしましょうか？」

「……わたくしは、今日は遠慮いたします」

家令の問いに、ルイーゼが少し考えたあと答える。

「ライナルト様はいかがいたしますか？」

「私もいりません」

「わたくしのことはお気になさらず、お食事をしてください」

ライナルトはその言葉を無視してルイーゼの身体に掛布をかけ、寝台の側にある椅子に腰かけた。

「何かありましたら、いつでもお声がけください」

家令と侍女がそう言い残し、部屋を出て行った。

「申し訳ありません」

二人きりになると、ルイーゼは再び謝罪を口にした。

「なぜあなたが謝るのです？」

襲われたルイーゼには、なんの落ち度もなかった。

非があるのは罪を認めず逆恨みでルイーゼを襲ったホーファ自身。彼の脱獄を隠蔽《いんぺい》していた者たち。そして――。

「ホーファが本来狙っていたのは私だったと聞きました。私のほうが……あなたをこのような目に遭わせたことを謝らなくてはならない。……申し訳ありませんでした」

襲撃の際、ホーファと行動をともにした者たちがいた。彼らの素性はまだ調べている最中だが、他に協力者がいる可能性がある。

そのため事件の詳細が明らかになるまで、屋敷の警備は強化され、ライナルトもしばらくは外出しないよう言われていた。

もちろんルイーゼも今まで以上に行動を制限される。

ライナルトが還俗しても、聖人の再来であることに変わりはない。これからも信徒たちは自分に対し特別な感情を抱き続けるのだろう。

そして枢機卿に与《くみ》していた者たちにとっては、ライナルトは皇帝についた裏切り者だ。そんな男の妻でいる限り、ルイーゼにはずっと危険が付きまとう。

自分と婚姻したせいで怪我を負い、窮屈な生活を強いられるルイーゼが哀れだった。

「……皇帝陛下に離縁をお願いいたしましょう」

娘の命が危険に晒されたのだ。皇帝とて本心では離縁させたいと思っているはずだ。

政治的な思惑のある婚姻のため、そう簡単には離縁できないだろうが、何かしらの理由をつけ応じてくれる可能性は高い。

そう思い口にしたのだが、ルイーゼは悲しそうに目を伏せた。

「……顔に傷は残りませんし、腰は打撲です。腕の傷は……待っていてもらえないでしょうか。もしも……傷痕が残るようならば……ライナルト様のお心のままにいたします」

先ほど傷など気にしないと言ったばかりなのに、どうやらルイーゼはライナルトが離縁を願う理由を傷のせいだと思ったらしい。

「傷痕のせいで離縁するわけがないでしょう」

「ならば……なぜですか？」

「私と婚姻したせいで、あなたは傷を負ったのです。これから先、また同じようなことが起こるかもしれない。二度とあなたをそんな目に遭わせたくありません」

ルイーゼはぱちりと大きく瞬きをしたあと、眉を顰めた。険しい表情でライナルトを見つめてくる。

「定かではない未来を恐れるなど、わたくしはしたくありません。これから、気をつければよいだけです。わたくしを案じてくださるのなら、離縁など口になさらないでください」

離縁することでルイーゼの身を守れるのだ。そのほうがよいに決まっている。

しかし潤んだ瞳で睨まれ、怒りに満ちた声で言われると狼狽えてしまう。

「今日はもう休んだほうがよいですね。話はまた明日しましょう」

いったん話を先延ばしにしようとしたのだが、ルイーゼは首を横に振った。

「離縁はしたくありません」

きっぱりとした口調で言われれば、こちらが折れるしかない。そもそも怪我人のルイーゼと論争するつもりはないのだ。

「あなたのお気持ちはわかりました。しばらくは外出を控え、安静に過ごしてください」

「……はい」

ルイーゼは神妙な表情になり頷く。そして意を決したような表情をしてライナルトの腕に触れた。

「ライナルト様。少しよろしいですか？　……お訊ねしたいことがあります」

何を訊きたいのかわからないが、身体も辛いはずだ。もう休ませるべきだろう。

「明日では駄目なのですか？」

「なんだか、気になってしまって。すっきりしたほうが眠れますから」

「……何をお訊きになりたいのですか？」

ルイーゼはホーファに襲撃されたときのことを話し始める。枢機卿を陥れ、死に追いやったのはライナルトだとホーファは言っていたという。そして――。

「……あの者は……ホーファ司祭が……あなたは呪われた力を持つ、大罪人だと」

しばし躊躇ってからルイーゼが口にした言葉に、ライナルトは息を呑んだ。

不安げに視線を揺らすルイーゼに、ライナルトは自嘲《じちょう》の笑みを浮かべた。

（そうだ……最初から話せばよかった。母や、無関係の者たちを殺したと知れば……きっ

と彼女は閨をともにはしなかったろうし、今だってすぐに離縁を受け入れてくれただろうに）

「枢機卿を陥れたのは、事実です。私は枢機卿が暗殺計画を立てているのを知り、秘密裡に皇帝陛下にそれを伝えました」

「……枢機卿の非道な行為が許せなかったからですか？」

「違います。枢機卿は陛下を亡き者にしたあと、私を傀儡の王に仕立てるつもりでした。これ以上傀儡として生きるのは耐えきれなかったのです」

「あなたのなさったことは彼らには裏切り行為なのかもしれませんが、多くの信徒にとっては救いでした。あなたが大罪人などと謗《そし》られる謂われはありません」

ルイーゼはライナルトをまっすぐに見つめて言う。

彼女の真摯さと優しさに、胸が重くなる。自分はそんなふうに言ってもらえるような善良な人間ではないのだ。

「彼は……枢機卿の一件で私を大罪人と言ったわけではないのです。呪われた……」

ライナルトは一瞬言い淀んでしまうが、覚悟を決め続けた。

「呪われた力……ホーファが言ったとおりです。ルイーゼ、私は聖力で人を殺害したことがあるのです」

ルイーゼは大きく目を見開いた。

驚愕しているようだった。

強い聖力を持っていることは、彼女に話している。

その力で物を壊すとも告げていた。

しかしまさか人を殺害していたとは、想像もしていなかっただろう。

「父は私が生まれたときにはすでに亡くなっていて、私は幼い頃、母と二人、集合住宅の小さな部屋で、慎ましく暮らしていました」

母が娼婦だったと話せず、ライナルトは出自を誤魔化した。

「十歳のとき怪我をして、医者に診てもらいました。そこで私の肌に、聖人の証らしき奇妙な痣があることに医者が気づいたのです。スサネ教の信徒だった彼は、教会に報せました。……母は何を思ってか、焼き鏝でその痣を焼いたのです」

「……やきごて？」

「ええ。母は流民でスサネ教の信徒ではありませんでした。聖人の証など知らなかったはずです。医者に騒がれて驚いたのか……いえ、煩わしく思ったのかもしれません。私は幼い頃から……当時はそれが聖力だとは知りませんでしたが、悪夢に魘されたときなどに物を壊したりしていましたので……。それこそ母は呪われた力だと思っていたのかもしれません」

ライナルトが忌まわしかったのなら、教会に押しつければよかったのだ。あのとき、司祭たちはライナルトを聖人の再来として迎えに来たらしいのだから。

母がなぜ痣をそこまでして消そうとしたのか、未だにわからない。

聖人の証を持っていると医者に聞かされ、スサネ教を知らなかった母は忌まわしい子を産んだと思い、自分が罰を受けるとでも思ったのだろうか。

「……ライナルト様。ライナルト様は……その、幼い頃から……せいりょくが強かったのですか……？」

ルイーゼが訝しげな表情で、若干言い淀みながら訊ねてくる。

「ええ。感情を抑える術を知らなかったのです。焼き鏝を押された私は痛みで感情を爆発させ、聖力を暴走させてしまった……母と、ちょうど私を引き取りに訪れていた司祭たちが、私の聖力の犠牲になったそうです。私はルイーゼ……人殺しなのです」

スサネ教でもっとも禁忌とされている罪を犯したのだ。

「い、い、い、せいりょくで、お母様と、司祭を殺されたのですか……？」

「はい。……どうかしたのですか？」

ライナルトがホーファの言っていたとおりの大罪人だと知って、心優しいルイーゼは怯え、嫌悪するに違いないと思っていた。

しかし、ルイーゼの顔に浮かんでいるのは恐怖ではない。

驚きの表情は消え、困惑を浮かべている。そのうえ、なぜかルイーゼは念を押すように確認してきた。

「せ、せいりょくで……？」

「え、ええ……」

いったい何が気になっているのか。

聖力については知っているはずなのに、ルイーゼはライナルトが人を殺したことにではなく、聖力を使ったという点を気にしているようだった。

「ライナルト様……確認させていただきたいのですが……ライナルト様のおっしゃっている、せ、せいりょくというのは、……もしや……聖人が持っていたといわれる……聖なる力のことなのでしょうか？」

「は？　ええ、そうですが」

それ以外に何があるというのか。改めて確認される意味がわからない。

ライナルトが答えると、ルイーゼは愕然とした表情になり、目を瞠る。

そして、みるみるうちに頬が赤く染まっていった。

「わ、わたくし……勘違いを……いたしておりました……」

「……勘違い？」

「てっきり……せいりょくのことだとばかり……」

「ルイーゼ？」

彼女は何か納得しているようだが、ライナルトのほうはさっぱりわからない。

「申し訳ありません。わたくし、ライナルト様のおっしゃる聖力を……精力、その、閨事での精力のことだと……、その意味でおっしゃっているのだと思っておりました」

「…………は？」

「その……以前に、閨事の話題になったときに……精力の強い殿方のお話を耳にしまして。ライナルト様の聖力も、てっきり、そちらの精力だと……」

ライナルトは呆然と彼女を見つめる。

性的な欲や交合の激しさを言い表すとき『精力』という言葉を使うのは、ライナルトも知っていた。

「あなたは……私のことを精力旺盛、精力絶倫な男だと……思っていたのですか？」

ライナルトに問われ、ルイーゼは染まった頬をさらに赤くさせる。

「はい。ずっと……そう思っておりました」

「違いますよ」

きっぱりと否定する。

ライナルトは自慰どころか、美しい女性を前にしても性欲らしき感情を覚えたことすらなかった。――あの日、ルイーゼと一夜をともにするまでは。

「潰す……と言っていたのは、それでですか？」

振り返ってみれば、聖力に怯えているにしてはおかしな部分があった。

ルイーゼにとって、せいりょくは精力で、聖力ではなかったのだ。

会話が噛み合っていない、認識にずれがあるように感じてはいたが……まさかそのような勘違いをしていようとは。

「ええ。抱き潰すと……。抱き潰すという意味が、圧迫して潰すわけではなく、比喩的な意味だとは結婚してしばらくして知ったのですが」

「私が……精力旺盛なあまり、あなたを傷つけると思っていたのですか」

初夜のときルイーゼはライナルトの手首を縛った。

あれは聖力にではなく、精力旺盛な自分に抱き潰されると怯えていたからなのか。

「わたくし……聖人の聖力は、神聖化されて伝わっているだけだと……実際にそのような力があったとは思っていなかったのです……。ライナルト様が聖人の再来といわれているのも……優れた聖職者に与えられる称号のようなものだとばかり思っていまして……」

ルイーゼはこれ以上ないほどに色付いた真っ赤な顔を、落ち着かない様子で俯かせた。

ライナルトは教会に引き取られてからの日々を思い出す。

ヴェルマーや枢機卿、ライナルトの聖力がどれほどのものか知る者から、聖力を暴発させてはならないと、感情を揺らさぬよう言って聞かされて育った。

そして同時に、みなから聖人の再来として大切にされてきた。

ライナルト自身に聖人の再来などという自覚はなかった。

だが、特別扱いされ敬われ、聖王という立場を与えられたのは、ライナルトが聖人の再来だったからだ。

聖人の再来であり、聖力を持っている――ライナルトはそのことが重荷だったが、それでもそれが教会にいる自分の価値なのだと思っていた。

しかし……言われてみれば聖力については、確かに伝承として残っているだけだ。

ルイーゼのように、ただの言い伝えと考えている者がいて当然である。

聖人の再来についても、案外、本気で信じている者のほうが少ないのかもしれない。

「本当にとても失礼な真似……失礼なことを考えてしまい、申し訳ありませんでした」

ルイーゼは俯かせた顔を上げ、ライナルトを見て謝罪を口にする。

（彼女の脳内で、私はどんな人物に置き換えられていたのだろう……）

「……ふふっ」

「……ライナルト様？」

ルイーゼがライナルトを見上げる。

「…………どうして笑っておられるのですか？」

「あははは。ははっ……ふふっ、ははっ」

ライナルトはこみ上げてくる笑いを堪えきれず、噴き出してしまう。

一度笑い出すと、止まらなくなった。

こんなに盛大に笑った経験はない。ルイーゼが驚いて、ぽかんと口を開けている。

その姿がおかしくて、さらに笑ってしまう。

ルイーゼは聖力に怯えているのだと思っていた。

真面目な性格ゆえに必死でライナルトと向き合おうとして、すべてを受け入れる努力をしてくれていたのだと。

だが実際は、ライナルトの絶倫な精力を受け入れようとしていただけなのだ。

白い結婚を持ちかけたときのことや、初夜のルイーゼの不可解な行動を思い出す。

ライナルトは聖力で傷つけたくないと悩み、ルイーゼの気持ちを推《お》し量《はか》っている気になっていた……婚姻してから四ヶ月あまりの日々。自分たちはずっと、おかしなすれ違いをしていたのだ。

「……どうしてお笑いになるのですか？」

ルイーゼは憮然《ぶぜん》としている。

笑っているライナルトに納得がいかないようだ。

「いえ……。聖力であなたを傷つけないようにと……私は真剣に悩んでいたのに、あなたはずっと精力と……ふふっ……閨で抱き潰されるのを案じていただけだったのかと思うと……ふふふっ」

「わたくしも真剣に悩んでおりました！」

心外だと言わんばかりに、ルイーゼが声を張り上げた。

「真剣に……閨で抱き潰されて殺されると？　……ふはっ……ははははっ」

己の罪の深さを決して忘れてはならない。

贖えない罪はライナルトに生涯付き纏う。

生きている限り、自身の持つ力に怯えながら暮らしていくのだ。

しかしこの瞬間。

ライナルトはルイーゼのくだらない勘違いのおかげで、心から笑っていた。

「ライナルト様っ」

爆笑しているライナルトに、ルイーゼがムスッと口を尖らせた。

「……こんなに笑ったのは、初めてです」

つい先ほどまで、暗い気持ちになっていたのが嘘のようだ。

ライナルトは笑いすぎて目尻に滲んだ涙を拭う。

「……わたくし……真剣に悩んでいましたのに」

ルイーゼの拗ねた顔が愛らしい。

「私の説明がたりませんでした。誤解をさせてしまった。申し訳ありません」

さすがに笑いすぎたと反省し、ライナルトは謝る。ルイーゼは拗ねた顔から、すぐに真面目な顔つきになり、首を横に振った。

「ライナルト様は悪くありません。わたくしが勝手に思い込んでいただけですから」

「それから、ルイーゼ。話を戻しますが……」

一時であっても、救われた気持ちになった。

それで充分だ。

ライナルトは穏やかな気持ちで、中断されていた話の続きを語る。

すべての始まりは、十八年前。

あの事件以来、ライナルトはずっと聖力を使わないよう、心を揺らさないよう注意を払い、贖罪のためだけに生きてきた。

罪悪感を枢機卿につけ込まれ、言いなりになり、聖王になってからも傀儡のままだった。それが枢機卿一派の悪事を増長させる原因になってしまう——。

「十八年前のあのとき、私が放った聖力のせいでヴェルマー大司祭の顔に傷を負わせてしまいました。ホーファが口にしたとおり、私は呪われた力を持つ大罪人です」

ライナルトが淡々と告げると、黙って耳を傾けていたルイーゼは躊躇いがちに口を開いた。

「ですが……ライナルト様ご自身が望んで、殺害をしたわけではないのでしょう？　ヴェルマー大司祭の怪我もそうです。確かに罪なのかもしれませんが、お母様に焼き鏝を押された痛みが暴発のきっかけならば……ライナルト様には避けようがなかったのではありませんか」

「しかし、私に聖力がなければ、誰も死なずにすんだのは事実です」

「ライナルト様のお力は、たとえ呪われた力のように見えたとしても、神があなたに授けたものです。あなたへの責めは、神への批難と同義です」

ルイーゼはしっかりとライナルトを見据えて言った。

神が授けたもので、仕方がなかったのだと――。彼女の言葉に縋《すが》ってそう割り切れば楽になるのかもしれない。しかし己の罪から目を逸らすのが正しいとは思えない。

「わたくしは当事者ではありませんし、なぜ神があなたにお力を授けたのかもわかりませんが……」

ライナルトの表情から察するものがあったのか、ルイーゼは声を沈ませた。

「隠しているのが心苦しくてお話ししましたが、あなたを思い悩ませたかったわけではないのです……すみません。怪我をして疲れているあなたに、このように重い話を」

「いえ、先に訊ねたのはわたくしですから」

「今日はもう休んでください」

ライナルトは彼女に眠るよう促す。

「ご自分のお部屋にお戻りになりますか？」

寝台に横たわったルイーゼがライナルトを見上げて訊ねてくる。

「……痛みが出てきたら、我慢せずに声をかけてください。私は部屋《ここ》にいますよ」

「同衾《どうきん》はなさいませんか？」

「腕の傷だけでなく、腰を打ちつけたのでしょう？　頬だって痛々しい。そんなあなた相手に交合を望むほど……精力旺盛ではありません」

怪我人相手に盛るような男だと思っているのだろうか。

少々呆れながら言うと、ルイーゼは「いいえ」と返す。

「この前からひと月経っておりませんので、交合はいたしません。寝台は広いですし、こちらで一緒にお休みになったらと思ったのです」

同衾という言葉を疚《やま》しい意味に捉えた自分が恥ずかしくなった。

「わたくし、不埒な真似はいたしません」

「ですが」

ライナルトも男である。ルイーゼと閨をともにするようになってからは、ふとした接触でそこが反応してしまうことがたびたびあった。

怪我人である彼女に手を出すつもりはないが、同衾して邪な欲を抱かずにいられる自信はない。

「やはり、わたくしと同衾するのはお嫌ですか？」

躊躇っているライナルトに、ルイーゼが悲しげな表情を浮かべる。

「……そういうわけでは」

「月に一度の交合のあとも、朝まで共寝してくださいませんし」

自分たちは政略で結ばれただけの夫婦だ。

交合は義務的なもので、行為が終われば寝室を退出するのが礼儀だと思っていた。

「仲睦まじい夫婦は、朝まで寝台で一緒に眠るらしいのです」

自分たちは仲睦まじい夫婦ではない。けれど、ルイーゼの黒い双眸に見つめられ、心が揺れた。頬に貼られた白い布や右腕に巻かれた包帯に胸が軋む。

「わかりました。朝まで隣で……あなたの隣で休ませてください」

ライナルトはゆっくりとした動作で寝台に上がり彼女の隣に横たわった。

ルイーゼはライナルトを見つめ、嬉しそうに口元を綻ばせた。

「なんだか胸がドキドキいたします」

「私が隣にいて眠れないなら」

「いえ、眠りますので隣にいてくださいませ」

ルイーゼはそう言って、慌てて目を閉じた。

その様子に苦笑して、ライナルトもシーツに頭を預け目を閉じる。

「…………ライナルト様。……今度、一緒に被害者の方が埋葬されている墓地にまいりましょう」

しばらくして、彼女が囁くような声で言った。

「失った命は決して戻りはしませんし、罪も消えはしない。たとえ赦《ゆる》されなくとも……贖罪の方法をこれから二人で考えていけたらと思います」

「……これは私の罪です。あなたが背負う必要はない」

「夫婦ですから」

薄く目を開いたライナルトは彼女の顔を窺う。

ルイーゼは目を閉じたままだった。

「もう、眠りましょう」

泣きたくなるのを誤魔化しながらライナルトがそう言うと、ルイーゼは寝付きがよいらしく、すぐにやすらかな寝息を立て始めた。

（……そういえば……亡くなった者の墓がどこにあるのかも知らない……）

ヴェルマーから、ライナルトの唯一できる贖罪は教会に敬虔に身を捧げることだと言われ続けてきた。礼拝をし教えを広め、奉仕活動で贖罪をしていくしかないのだと。

それもあってか、ライナルトは被害者の墓に参ったり被害者の家族に詫びるという考えには至らなかった。

いまさらながら、そんな自分を恥ずかしく思う。

聖職者や信徒ならば、大聖堂の敷地内にある共同墓地に埋葬されているだろう。

（では……母はどこにいるのだろう……？）

母はスサネ教の信徒ではなかった。

けれども聖人の再来といわれるライナルトの母として、スサネ教の共同墓地に埋葬されたのだろうか。

墓の前で謝罪したところで罪は軽減されはしない。

いや、むしろ罪の意識を薄めてはならないとも思う。

(しかし、己の罪と向き合うためには必要なのかもしれない……)

つらつらと考えているうちに、思考が散漫になってくる。

ルイーゼの身体に悶々として眠れないと思っていたが、疲れていたらしい。

ライナルトはさざなみのように押し寄せてくる眠気に身を委ねた。


――パチパチと何かが弾ける音が耳の奥から聞こえる。

薄らと目を開けると、銀色の髪をした女性がライナルトを見下ろしていた。

「大丈夫よ……ライナルト」

(誰だろう……ああ)

目の下にはくぼみがあり、薄い唇が荒れている。

いつものように派手な化粧をしていないため実際の年齢より年老いて見えたけれど、その声は母のものだった。

荒れた白い指が、ライナルトの額に触れる。

――痛い。

ライナルトが呟くと、母は空色の瞳を翳《かげ》らせた。

「ごめんね。こうするしかなかったの」

こうするしかない。何がこうするしかなかったというのか。

ライナルトがじっと見つめていると、母は嘆息した。

「ごめんなさい……でもね、一緒にいるためには、こうするしかないじゃない？　ライナルトだって、わけのわからないところに行きたくはないでしょう」

（そうだ――）

ライナルトは記憶を遡《さかのぼ》る。

痣を見た町医者は「この子には聖人らしき、不思議なかたちの痣がある」と言った。

そして、偶然だとしても申し出れば、きっと教会がライナルトを引き取るだろうと。

それはおそらく、町医者の厚意であった。

痩せ細り、至る所に殴られたと思わしき傷がある子ども。目の前の娼婦が、子どもを持て余していると気づき、子どもと母を救おうとしていたのだ。

けれど信徒ではない母にとって、スサネ教は得体の知れない組織だった。

子を奪われると――いやそのような〝特別な子〟を虐待していたと知られれば自身が罰せられると思ったのかもしれないが――ライナルトの痣を焼いた。

「今は痛いかもしれないけれど、ちょっと火傷しただけ。大丈夫、すぐによくなるわ！それにね、特別な理由が痣のせいならば、おかしな力もこれでなくなるかもしれないし」

あっけらかんと母が言う。

火傷はツキツキと痛むけれど、母がいつになく優しかったので、ライナルトは幸せな気持ちだった。

愛《いと》おしげに目を細め、指がライナルトの髪を幾度も撫でてくれるのが心地よくて。

ライナルトは目を閉じ、しばらくして、ゆっくりと目を開けた。

黒い瞳をした女性がライナルトを見下ろして、髪を撫でていた――。

「ライナルト様、おはようございます」

「……ルイーゼ？」

「はい」

カーテン越しに柔らかな光が差し込んでいる。

どうやら朝までぐっすり眠ってしまったらしい。

「すみません」

「どうして謝られるのです？」

「あなたの傷が痛んだときのためにと思い同衾したのに、寝入ってしまいました」

「お疲れだったのでしょう。わたくしも痛みもなく、眠っていました。……ライナルト様の御髪はサラサラですね。何か特別なお手入れでもされているのですか」

「特には……。それで、髪を触られていたのですか？」

髪の状態を確かめたくて触れていたのか。

訊ねるとルイーゼははっとして、ライナルトの額に触れていた指を離した。

「いえ、何やら魘されておいでしたので」

ライナルトは先ほどまで見ていた夢を思い出す。

「……母の夢を見ていました」

「……お母様の？」

「痛みで苦しんでいると、母が髪を撫でてくれました。……ちょうど今のあなたと同じように」

「……きっと心配されていたのでしょう。髪を撫でて、少しでもライナルト様の痛みが癒えればよいと願っていたのだと思います」

ルイーゼが躊躇いがちに、目を伏せて言った。

(自分が焼き鏝を押したのに……心配など)

母は行き当たりばったりな性格だった。

焼き鏝を押されたライナルトの苦しみなど、考えていなかったのかもしれない。

先ほど夢で見た母のあっけらかんとした姿を思い返したライナルトは、ふと何かが引っかかった。

「あの、過ぎたことを申し上げました……」

記憶をたどろうとして黙っていると、ライナルトが気分を害したと勘違いしたルイーゼが沈んだ声で謝る。ライナルトは慌てて、首を横に振った。

悪夢が、心地よさと幸せに置き換えられたのは、きっとルイーゼが撫でてくれていたおかげだ。

「あなたも私の痛みが癒えるよう願ってくれたのでしょう。ありがとうございます」

「お礼を言われるようなことでは……」

ありません、と言いたかったのだろうが、途中でグウッという音が割り込んでくる。

「失礼いたしました」

ルイーゼは腹を押さえ、顔を赤くした。

「昨夜は食べませんでしたからね。食事にしましょう」

ライナルトは穏やかな気持ちのまま微笑んで言い、寝台から下りた。

第七章　真実

ホーファ元司祭にルイーゼが襲撃されて、五日が過ぎた。

ルイーゼの腰の打撲は、ほぼ痛みがなくなったという。頬は青痣に、腕の切り傷も瘡蓋《かさぶた》になっているが、数日もすれば薄くなるだろう。

無事であってよかったと、健やかに微笑むルイーゼを見ながら心の底から安堵する。

穏やかな日々の中で、ライナルトはルイーゼとの会話をきっかけに、過去の抜け落ちていた記憶を思い出すようになっていた。

思い出した記憶に違和感を覚え、ライナルトの中にひとつの疑惑が生まれた。

最初はささくれ程度だった小さな疑惑は、今や大きな不信感に変わっている。

もちろん己の罪を悔いるあまり、都合よく自分の中で記憶を改竄《かいざん》している場合もあるだろう。

だからこそ、真実を確かめたかった。けれど自分にできる範囲で調べた内容だけでは確信には至れていない。

ホーファの事件もあれから五日が経つというのに、取り調べは難航していた。

ライナルトに会わせろと一点張りでホーファと会話にならず、一緒に捕らえられた者たちは異国人で言葉が通じない。通訳できる者を探している最中らしい。

ホーファから事件について聞き出すしかなく、衛兵の立ち会いのもと、ライナルトが面会することになった。事件についてホーファが語るのを期待しての面会であったが、彼が口にするのは恨み言ばかりだった。

枢機卿を陥れたのはライナルトだと喚き散らし、ライナルトが過去に犯した罪を執拗《しつよう》に詰る。ライナルトが質問を投げかけても答えず、ただ責め立てるだけ。

ライナルトは事件の詳細以外に確かめたいことがあったのだが、ホーファとの会話は成り立たず断念するしかなかった。

同席していた衛兵たちに過去を知られてしまったが、特になんの感情も抱かなかった。

つい先日までは、知られてしまったときのみなの反応を恐れていたというのに――。

ルイーゼに明かしたからだろうか。

ライナルトの心はずいぶんと落ち着いている。

知りたかった情報を得られなかったライナルトは、疑惑と不信感を払拭するために大聖堂の敷地内にある聖職者が居住する建物へと向かった。

「これは、ライナルト様」

ちょうど午後からは休みだったらしく、ヴェルマーが朗らかに自室へと招いてくれた。

南側に位置する陽当たりのよい広い部屋で、窓から柔らかな光が差し込んでいた。この部屋は以前枢機卿が使用していた。今はヴェルマーが使っているらしい。

壁には備え付けの大きな書棚があり、上から下までびっしりと本が詰まっていた。頑丈な机の上には、いくつもの書類が広げられている。

「お忙しいところ、申し訳ありません」

ライナルトが突然の訪問を詫びた。大司祭となったヴェルマーは昔に比べると遥《はる》かに忙しくなっているはずだ。

「いえいえ、今度、古くなった聖堂を建て直すことが決まりまして。その書類に目を通していただけですから」

ヴェルマーがライナルトに長椅子に座るよう促す。

革製の長椅子は座りが心地よい。テーブルを挟んでヴェルマーと向き合った。

「そういえば……先日、ルイーゼ様がホーファ元司祭に襲われたと耳にしました。お怪我をされたとか」

「軽傷ですし、本人も元気にしています」

「それはよかったです。……で、本日はどのような用件で訪ねてこられたのでしょう」

ライナルトはどう話を切り出すか迷う。回りくどい言い方をするよりは、率直に訊ねたほうがよかろうと口を開いた。

「十八年前のことです。私が教会に引き取られた、あの事件について……あなたに確認しに来ました」

「……確認？　何か気になることでもあるのですか？」

ヴェルマーは眉を顰め、探るような目をライナルトに向けた。

「ええ……あなたと枢機卿は、母が焼き鏝を私に当てて、それをきっかけに聖力が暴走したと言っていました。それは真実なのですか？」

ライナルトの問いに、ヴェルマーは視線を揺らした。動揺を露わにした姿にライナルトの中の疑惑と不信感が、さらに大きくなっていく。

「真実ですとも。何をいまさら、そのようなことを。もしや、ホーファがあなたに何か吹き込みましたか。あやつは枢機卿の言いなりで、己の利益のために多くの信徒を騙していました。そのあげく罪を贖わず、脱獄した……あのような者の世迷い言を信じてはなりません」

「彼からは何も聞いていません。……実は最近、あの頃の記憶を思い出すようになったのです」

「記憶を？　思い出されたというのですか？」

ヴェルマーは目を瞠る。

「すべてを思い出したわけではなく、断片的なものですが……」

「断片的？」

「ええ。その記憶の中で、焼き鏝で火傷を負って痛いとぐずる私を、母が慰《なぐさ》めているのです。……火傷を負ったときに、私は聖力を暴走させ、母や司祭たちを殺したと聞かされていたのに。おかしいと思いませんか？」

最初の引っかかりは、ルイーゼとの会話の中でだった。

何がどう引っかかるのかわからなかったが、聞いていた経緯と最近思い出した自分の記憶とでは、だんだんと辻褄《つじつま》が合わないことに気がついた。

考えてみれば、他にもおかしなところが多くあった。

ライナルトは母の墓がどこにあるのか知らない。それどころかあの事件の被害者が、母の他に何人いたのかも、詳しく知らされていなかったのだ。

　己の罪を直視するのが恐ろしいあまりに深く考えることから逃げ、枢機卿とヴェルマーの言葉を鵜呑《うの》みにしていた。ルイーゼが自分と向き合ってくれなければ、これから先も疑問すら抱かなかっただろう。

「……十八年も前の記憶です。ましてや断片的なら、ライナルト様の思い違いでは？」

「いいえ、思い違いではありませんでした」

　引きつった笑みを見せるヴェルマーに、ライナルトはきっぱりと否定した。

「あなたに会いに来る前に、自分なりに調べてみたのです。教会の記録によると、あなたは十八年前、当時司祭だった枢機卿の下に名を連ねていた」

「ええ。それが何か？　だからこそ、枢機卿の頼みで、教会に引き取られたばかりのあなたのお世話をしていたのです。……その後、あの方とは意見が合わなくなり、疎遠にはなりましたが」

「ヘンケル司祭。彼のことをご存じですよね。もう一人、あなたと同じく枢機卿の下にいた者の名です」

　その名を出すと、ヴェルマーは顔を強ばらせた。

「昨日……ヘンケル司祭と会い、話を聞いてきました」

ヘンケル司祭は帝都から馬車で半日ほどかかる場所にある小さな村の教会にいた。

事件がまだ解決していないのに遠方へ赴くのは危険だと、家令や衛兵に反対されたが、疑念を解消させたいという思いが勝り我が儘を通した。

ヘンケル司祭は右足と右手が不自由な、ヴェルマーと同年代の男性だった。

「あ、あやつは……私に嫉妬しておるのです。彼とは同じ時期に聖職者になり、同じように学び、歩んできました。しかし、今や、私は教会の最高位の立場にある。世迷い言をあなたに吹き込み、私を貶《おとし》め、陥れようとしているだけです」

ヘンケル司祭から何を聞いたのかまだ話してもいないというのに、ヴェルマーはライナルトに言い募る。動揺のあまり、ライナルトがヘンケル司祭から得たであろう情報を自分を陥れるものだと言い切った。

「……」

ライナルトは十歳で教会に引き取られた。

教育係だったヴェルマーに様々なことを教わり、支えてもらっていた。

師であり親代わりでもあり、誰よりも信用していた人だった。

だからこそ、皇帝暗殺未遂事件で枢機卿一派とともにヴェルマーが捕らえられたとき、ライナルトは何かの間違いだと思った。

枢機卿に与しているわけがない。

博識で勤勉、温厚で誠実な人柄だと信じていたのだ。

しかし――。

ヘンケル司祭を訪ねると、ライナルトが問いかける前に彼は己の罪を告白し始めた。堰《せき》を切ったように懺悔《ざんげ》し、ライナルトに赦しを求めたのだ。

真実を明かして、枢機卿やヴェルマーに睨まれたくない。自身もまた罪に問われる。それを怖れて口を噤《つぐ》んでいたが、ずっと良心の呵責《かしゃく》に苛まれていたという。

今になって明かしたのは、枢機卿が処罰され、教会の新しい最高位、大司祭の地位にヴェルマーがついたのが大きな理由だった。

「罪人がのうのうと大司祭になるなど。たとえ乞われても辞退……いや枢機卿を怖れずにすむようになったのですから、ヴェルマーは自分の口から真実をあなたに告げ、贖うべきでした」

ぐっと奥歯を噛みしめ、ヘンケル司祭はそう悔しげに言った。その言葉にヴェルマーが言うとおり、嫉妬があるのかはわからない。

ライナルトは正直なところ、彼らの心情になど興味はなかった。

ただ、真実を知りたいだけだ。

「彼があなたを陥れようとしているのか、私にはわかりません。けれど……ヘンケル司祭の話は、私の記憶とも合致するのです」

「そ、それは……っ」

「ヘンケル司祭は……あなたが、私の母を殺害したと、そう言っていました」

ヴェルマーの顔色がみるみるうちに悪くなっていく。

小心者の彼は早々に観念し、うなだれて当時のことを話し始めた。

「違うのです……なぜそのような……。あれはっ……あれは……事故だったのです」

十八年前。

町医者から聖人の痣のある子どもがいると報告を受けた教会は、当時司祭であった枢機卿、彼の下についていた聖職者ヴェルマーとヘンケルを、痣の確認に向かわせた。

現れた娼婦は彼らを馬鹿にしたように嗤い、少年の服をめくり左腰を見せた。そこには四角く肌がよじれ鈍い色に染まった――火傷の痕があった。

「それを見て、枢機卿は酷くお怒りになったのです。その頃ちょうど聖職者の一人が自分は聖人の再来だと言い出して騒動になったばかりでした。そう……ライナルト様のように焼き鏝で肌を焼き、これが聖人の痣だと……調べた結果、偽《いつわ》りだと判明したのですが、その件にあたっていたのが枢機卿で……また煩わされると思われたのでしょう」

母は教会にライナルトを奪われぬため、焼き鏝で痣を焼いた。しかしその行為は皮肉にも聖人の再来だと偽り、教会を騙そうとしているのだと思われてしまった。

「怒った枢機卿は、私たちにお二人を連れて行くように命令しました。しかし……激しく抵抗されまして、その弾みで……」

母は持っていたナイフを振り回して抵抗したのだという。それを止めようと揉み合った結果、ナイフの刃が母の胸を突いた――。

「決して、わざとではないのです。すべては不幸な事故でした」

そして――母が目の前で刺され血を流す様を見たライナルトは呆然とし、ヴェルマーたちに異変が起きた。

「窓が割れ、私は身体の異変に気づいた。あなたの傍にいたヘンケルも同じだったのでしょう。熱いと叫んだ。あなたはすぐ失神したのですが、ヘンケルの右腕と右足は火に炙《あぶ》られたがごとくに爛《ただ》れ、私もまた左半分……顔と肩を焼かれた」

ライナルトはヘンケル司祭の姿を思い出す。右手に手袋をし、足を引きずっていた。彼は何も言わなかったが――ヴェルマーだけでなく、ヘンケル司祭もまたライナルトの聖力で傷つけられた一人だった。

「そして枢機卿はあなたが本物だと、聖人の再来であると判断され、教会に連れ帰ったのです」

数日後に目が覚めたライナルトは、そのときの記憶を失っていた。

怪我が癒えたヴェルマーは枢機卿に命じられるまま、ライナルトに偽りを教え込んだ。

「枢機卿はあなたに罪の意識を覚えさせ、自分の支配下に置こうと考えていたのです。あなたの聖力を利用するつもりだった。しかし……すぐにあなたが聖力を制御できないことを知った。制御できない力など危険なだけですし、あのときの記憶がいつ戻るかもわからない。戻ってしまえば、再び同じことが起きる可能性がある。だから、あなたを排除しようともされていました」

邪魔になれば、いつでも消す。そう考えていたが、ライナルトは枢機卿に従順だった。際立った容姿のため信徒の人気も得られると推測し、傀儡としての利用価値を見い出したのだ。

「あなたが私の教育係になったのは、枢機卿の指示ですか？」

「あの方のご命令ですが……事故とはいえ、あなたのお母様を手にかけてしまったという贖罪の気持ちがありました」

僅かでも罪の意識があったならば、なぜ贖罪の対象であるライナルトに同じ……いやそれ以上の罪を押しつけようとしたのか。

「私は……ずっと今まであなたの言葉を信じ、母と、なんの罪もない聖職者を殺害した大罪人だと思ってきました」

「枢機卿のせいです。あの方が、あなたにそう思い込ませるよう、私に命じたのです。私はただ……」

「命じられたから従った。皇帝暗殺計画や、教会の資金横領も、命じられたから協力していたのですか？」

ライナルトはヴェルマーの言葉を遮り、問い質《ただ》す。

「そのようなことヘンケルは知らぬはずだ！　ホーファかっ……あ、あやつめ……っ、今になって裏切ったか！　ち、違うのですライナルト様」

鎌《かま》を掛けたライナルトに、ヴェルマーは驚くほど簡単に引っかかり己の罪を告白した。

ライナルトの冷えた視線を受けて失言に気づいたが、発した言葉は戻らない。

「あなたはホーファ司祭とも懇意にしていたのですね」

「ち、違います……、へ、ヘンケルが私に嫉妬し、私を陥れる嘘を吐いたのだと、そう思ったのです」

「先日、襲われた件も……あなたが裏で糸を引いていたのですか？」

「まさか！　私があなたを襲う計画などに、手を貸すわけがないではありませんか」

ライナルトは心の中で、溜め息を吐いた。ヴェルマーは皇帝暗殺計画が発覚したとき、枢機卿一派の一人として捕らえられた。

確固たる証拠はないものの、捕まった者たちの証言があったと聞いている。

あのときライナルトは、ヴェルマーを陥れたい者の仕業か、なんらかの誤解なのだと、彼の無罪を主張した。そしてライナルトの還俗と婚姻を条件に、ヴェルマーは釈放されたのだ。

（けれど……真実は……）

ライナルトは自身の浅はかさ、愚かさを呪った。

ヴェルマーは枢機卿とは協力関係だったのだ。そして、ホーファとも。

「なぜ、あなたは私を襲う計画であったと知っているのです？　先日のホーファの件はルイーゼが襲われたとしか発表されていないというのに」

捜査にあたっている者や兵は、ホーファの目的がライナルトだったと知っている。

しかし当然捜査情報は外に漏らしはしない。事件に無関係であるはずのヴェルマーが知り得るはずのない情報だった。

「ち、違うのです……そうではなく……」

ヴェルマーは血の気を失い、唇を戦慄かせている。

枢機卿に与せず、むしろ彼を諫め対立していた——ライナルトにはそう見えていたが実際には違ったのだ。ヴェルマーも間違いなく枢機卿一派の一人だった。

もしかすると、周りにそう思わせることで、枢機卿は自分の本当の敵をヴェルマーに探らせていたのかもしれない。

皇帝に枢機卿一派が立てていた計画の情報を渡したとき、ライナルトは迷惑をかけたくなくてヴェルマーに相談をしなかったし、協力も求めなかった。

もしあのとき知られていたら、ライナルトは枢機卿一派に排除されていただろう。

「私は十八年前のことであなたを責め立てるつもりはありません。ただ……枢機卿のもとであなたが不正を働いていたというならば、あなた自身の口で罪を明らかにし、しかるべき処罰を受けるべきです」

おろおろとするヴェルマーに、ライナルトはきっぱりと言い放った。

裏切られた腹立たしさや悲しさよりも、失望感のほうが強い。

せめて潔《いさぎよ》く罪を認めてほしかった。

ヴェルマーがライナルトに、そして信徒に見せていた勤勉さや誠実さのすべてが、保身からくるものだったとは思いたくない。

ライナルトだけはない。多くの信徒たちも、彼のことを信じていたのだから。

「けれど……ですが……私は今、大司祭の立場にあるのです……ようやく教会も、私を中心に立て直そうと活気づいているのに。私が逮捕されたら……皇帝、国との関係も悪化するでしょう……そうですっ、聖堂の建て直しも始まります！　新人の聖職者を育てる学校を作る話も出ているのです！　国境近くの田舎町には小さな礼拝堂しかないが、司祭を派遣し、もっとスサネ教を彼らの生活に根付くものにしようという案もある！　そ、そもそも帝都の最近の若者は、聖職者への礼儀がなっていない！　我々が、しっかりとスサネ教を彼らに教え込まねばならぬのです！　…………まだ、やらねばならぬことが、山積みなのです」

ヴェルマーは涙を浮かべ、ライナルトに訴える。

教会のためという強い信念があるのならば尚のこと、罪を償い、最初からやり直してほしいと思う。

「罪を明らかにしたうえで、やれることもあるはずです……あなたにも準備があるでしょうし、待てとおっしゃるのなら数日ならば待ちましょう」

「数日っ……数日でいったい何ができるというのですかっ！」

青ざめていた顔が、激高しているせいで真っ赤になっている。

これ以上、話したところでヴェルマーを説得できはしないだろう。

「私のあとをあなたが継いだように、あなたがいなくなれば、また誰かがその場所を引き継ぐでしょう。……引き継ぐ者がなく廃《すた》れるというならば、それが教会の運命なのです」

ライナルトは抑揚のない声で言い、立ち上がる。

部屋を出ようとすると、ヴェルマーに腕を摑まれた。

「……放してください」

「ライナルト様。あなたは確かに十八年前、聖力で誰も殺害してはいない。しかし、それは些細な違いだ。あなたが罪人であることには変わりない」

ヴェルマーはそう言うと、ライナルトを摑んでいないもう一方の手で、己の顔を覆う包帯を解く。

肌は赤く爛れ、眼球がある部分も――縒《よ》れた皮膚しかなかった。

目を背けたくなるのを堪え、ライナルトは平静を装いヴェルマーを見下ろした。

「…………それを見せて私にどうしろと？　その傷の償いをしろとでもいうのですか？」

ヴェルマーはなぜか慈愛に満ちた笑みを浮かべ、ライナルトを見上げた。

「殺人でなければ、罪がないとでも？　あなたの聖力が、人を傷つける忌まわしき類《たぐい》のものだということに違いはないのです。この先、また誰かをこうして傷つけるかもしれない。それに……枢機卿の言いなりだったのは、あなたも同じだ。私に罪を償えというならば、あなたもまた罪を償わなければならないでしょう。普通の、幸せで満ちたりた家庭を築く資格などない」

「……もともと私は、罪を償うつもりでした」

ライナルトはヴェルマーの身柄と引き換えに、ルイーゼとの婚姻を受け入れただけだ。己の罪から逃げようとしていたわけではない。こんな自分が、彼女との幸せを望んでいいなどとは思っていない――。

「なら、今からでも、その罪を償えばよい」

ぐっと腕を引かれる。長椅子に再び座らされた。

「私は知っているのですよ。ライナルト様。あなたはずっと……死にたがっておられた。聖人の再来と呼ばれることが、その聖力が重荷だったのでしょう。しかし、スサネ教では自死は禁忌だ。これ以上の罪を重ねたくなくて、死を選ぶことができなかった」

「……何をするのです」

ヴェルマーの枯れ木のような指が、ライナルトの喉を這った。

「私を殺そうとでもしているのですか？　すぐに捕まりますよ」

「そうですね……ホーファが狙ったのは、やはりルイーゼ様で、あなたがホーファを唆《そそのか》したのです。ルイーゼ様を殺害し、再び聖王として返り咲くつもりで。還俗しても、もう一度、正式に儀式を行えば聖職者に戻れるのですから。私のこともあなたは邪魔に思っておられたのでしょう。私を殺そうとしたので説得したら、悔いて自死をされた……ということにします」

ライナルトは呆れた。

「そのような戯《ざ》れ言《ごと》、誰が信じるというのです？」

「ならば……あなたはずっと枢機卿の協力者だった。いや、枢機卿に心酔していた。だから、私が大司祭として確固たる力を得ようとしているのが、許せなくなったというのはどうです？」

ヴェルマーはうっとりと目を細めた。自分の思いつきに酔っているようだ。

「あなたにとっても悪い話ではないでしょう？　やっと解放されるのですよ。長年の望みが叶うのです」

彼の顔の左半分には、ライナルトの罪の証がある。

ヘンケルの腕にも同じものがあるのだろう。

ライナルトは誰の命も奪ってはいなかった。

聖力を使ったのも、母の死を見て感情を揺らした結果だ。

しかし――命を奪わなかったのなら、一生残る怪我をさせても許されるのだろうか。

ヴェルマーが言ったとおり、傷つけ壊すことしかしない忌まわしき力なのは確かだ。

ライナルトは己の力に怯え続けなくてはならない――生きている限り。

(ああ……そうか……)

ライナルトはやっと気がついた。

今まで心の奥底で、ヴェルマーに指摘されたとおり死を願っていた。それは、かつて犯した罪への贖罪からだとばかり思っていた。しかし、本当は――。

(怖かったのだ。聖力が……。この力に怯えながら生きていくことが、ただ……恐ろしかった……)

ヴェルマーの指がライナルトの首に絡みつく。

ヘンケル司祭はライナルトが死亡すれば、ヴェルマーを疑い告発するだろう。たとえヘンケル司祭が口封じされたとしても、ヴェルマーの戯れ言を信じる者などいない。

ヴェルマーは興奮して見境がなくなっているが、彼が大司祭のままでいられる可能性は限りなく低い。じきに捕縛されるし、ライナルトを殺せば間違いなく重罰を受ける。

教会はそれにより力を失うだろうが、それもまた時代の流れだ。

教会という器がなくとも、信仰が人々の心の中にありさえすればいい。

ヴェルマーに話していないが、ライナルトの衛兵は部屋の外で待機している。

助けを呼べば、すぐに駆けつける。

しかしライナルトは、抵抗するつもりも、声を出すつもりもなかった。

「感情を揺らしてはなりません。怒りや悲しみを捨て、受け入れるのです。決して聖力で人を殺める大罪を二度と犯さぬように……」

ヴェルマーはかつて何度も、幼いライナルトに言い聞かせた言葉を口に乗せた。

聖力を使うなと牽制しているのかと思うと、不思議とおかしな気分になった。

——てっきり……せいりょくのことだとばかり……。

頬を赤らめ、恥ずかしそうにしていた。

——わたくしも……真剣に悩んでいました！

怒ったよう言う姿が脳裏に浮かんだ。

——ライナルト様のお力は、たとえ呪われた力のように見えたとしても、神があなたに授けたものです。あなたへの責めは、神への批難と同義です。

そう言った彼女のことを思い出す。

「ようやく、私に運が回ってきたというのに……ここで終わりになどできるわけがない」

嗄《しゃが》れた声がする。これはライナルトが聞きたい声ではない。

死ぬ寸前に聞く声は、この声ではないはずだ。

政略結婚であった。

婚姻の相手が誰であろうと、ライナルトは受け入れていただろう。

だがライナルトが婚姻した相手は真面目で、ひたむきで、なのにどこか少し変で。

ぼんやりして、のほほんとしているかと思えば、しっかりとした言葉を口にする。

強引なのに、奥手でもあって。

大胆なのか慎ましいのか。

わけがわからない。おかしな妻。

ライナルトが死ねば彼女は再婚する。彼女に相応しい相手の元へと嫁ぐだろう。

それを望んでいたはずなのに——。

「……うっ」

ライナルトは自分の首を締めつけてくる男の腕を摑み、引き剝がした。

足で蹴《け》り上げると、ヴェルマーは床へと倒れ込む。

「ひっ……罪を犯すつもりですかっ。感情を、感情を揺らしてはなりませんっ……」

抵抗したため、聖力を使われると怯えているのか、ヴェルマーが怯えながら言う。

「感情を揺らさなくとも……いえ、聖力など使わなくとも、あなた程度なら素手で殺せそうです。いえ、殺したりはしませんが」

ライナルトは微笑みながら言って、扉の外で待機していた衛兵を呼んだ。

◇◆◇

ヴェルマー大司祭に会いに行ったライナルトが彼に襲われた――という報せをルイーゼが受け取ったのは、侍女に午後のお茶を準備してもらっているときだった。

襲われたが怪我はしていない。そう聞いていたが居ても立っても居られず、皇宮で事情を聞かれているライナルトのもとに向かいたかった。しかし行き違いにならないようにと家令に止められ、大人しく屋敷で彼の帰りを待つことにする。

心配でたまらなくて玄関先でうろうろとしていると、家令に「先日とは逆ですね」と言われた。元司祭のホーファに襲われた日、ライナルトも今のルイーゼと同じように待っていたのだという。

心配させて申し訳なかったと思いながらも、嬉しく、心が温かくなった。

皇宮から帰ってきたライナルトは、報せのとおりに怪我はしていないようだった。

沈んだ顔をしていたが、ルイーゼと目が合うとライナルトは優しく微笑んでくれ、ほっと胸を撫で下ろす。

そして食事をすませ、夫婦の寝室で事の詳細を聞いた。

まだ取り調べの最中だというが、どうやらホーファの一件もヴェルマー大司祭が命じたのだという。

「そんな！　なぜです？」

「聖職者の中に私を特別視する者がまだ多くいて……どうやらそれが彼には許せなかったようです」

捕縛されてから言い逃れできないと悟ったのか、ヴェルマーはぽつりぽつりと事情を話し始めているという。

「詳しい経緯はこれから調べていくかと……ルイーゼ？　どうして泣いているのです」

必死で我慢していたのだが、涙がぽろりとこぼれ落ちてしまった。

ライナルトの長い指がルイーゼの目尻に触れる。

「ライナルト様は……ヴェルマー大司祭の身柄と引き換えにわたくしとの婚姻を受けられたというのに。それほど、大事に思っていらしたのに……どうして……」

ライナルトは聖王として、聖人の再来として敬われていた。還俗したからといって、すぐには信徒も聖職者も割り切れたりはしない。特別視が許せないくらいでライナルトを襲わせ、それが叶わなかったら自身の手で殺そうとしたというのか。

ライナルトはヴェルマーのことを恩人だと慕っていた。慕っている相手に、嫉妬されたあげく殺意を向けられるなど……ライナルトの心の内を思うと、胸が痛んだ。

(それに……ライナルト様は、お母様から……)

焼き鏝を押されているのだ。

慕う相手に二度も傷つけられたライナルトが哀れでならない。

「……彼には感謝をしないといけないな……」

ぽつりと独り言のようにライナルトが呟いた。

「彼?」

「いえ……こちらの話です。ヴェルマーのことは、もうよいのです。彼への恩も、傷痕の罪悪感も消えるわけではありません。恨みがないと言えば嘘にもなります。けれど、割り切ることにしました」

ライナルトはどこか清々しく微笑む。

そしてライナルトは、母や聖職者を殺害したとヴェルマーに思い込まされていたと、ルイーゼに告げた。

「……ライナルト様は誰も殺《あや》めていなかったということですか?」

「ええ。……ヴェルマーの傷は、確かに私がつけたものでしたが」

ライナルトは、長い間、人を殺めてしまったという罪悪感に苛まれていた。

もう割り切ったと微笑んでいるが、ルイーゼはライナルトを騙していたヴェルマーに腹が立って仕方がなかった。怒りのあまり、新たな涙がにじみ出てくる。

「泣かないでください。ルイーゼ」

「酷いですっ……ライナルト様が、いったい、何をしたというのですかっ」

「殺人は犯していなくとも、人の身体に二度と消えぬ傷をつけたのは事実ですから。ルイーゼ……私はずっと、自身の聖力が恐ろしくて仕方がなかった。感情を揺らさぬようにしていても、いつか、何かの拍子にまた同じ過ちを犯すのではないかと怯えていました」

ライナルトはルイーゼの手を取った。

彼の手はひんやりと冷たい。

「ずっと……死を願っていました。枢機卿の事件のときも……叶うならば、重罪人として裁いてほしいと思っていました」

ルイーゼは驚かなかった。

夫婦揃って初めての夜会の帰り際、刃物を持ったホフマン伯爵に襲われた。

あのときのライナルトの静かな眼差しと達観した態度を思い出す。

聖力を使わないために、感情を揺らさないように抑えていたのだろうが、「いつ死んでもいい」と思っていたからこその態度だったのだろう。

（きっと、わたくしとのことも……）

彼が白い結婚を持ち出したのも――それが理由のひとつだったのかもしれない。

ルイーゼは自分の手に重ねられたライナルトの長い指を、きゅっと握った。

「けれどヴェルマーに首を絞められたとき、ふと、あなたのことを思い出したのです」

「わたくしのことを、ですか？」

「あなたが聖力を……精力だと……。私を精力絶倫な男だと勘違いしていたのを思い出して……なんだか、悩んでいるのが馬鹿らしくなりました」

ライナルトはにこやかに言った。

自分が彼の生きる理由に少しでもなれたとしたら嬉しい――そう思ったのだけれど何か違う気がする。ライナルトの悩みを解消できたのなら、あの勘違いも無駄ではなかったのかもしれないけれど。

「……………それは、喜んでよいのでしょうか……？」

「あなたのおかげです」

「……なら、よかったです」

失礼な思い違いをしていただけだ。何か特別なことをした覚えはない。

ライナルトがルイーゼのおかげだと言ってくれるのならば、喜ばねばと思うのだが、複雑な気持ちになる。

なんとも言い難い気持ちがそのまま顔に出てしまっていたのか、ライナルトが苦笑を浮かべて言い直す。

「……よかったです」

「勘違いをしながらも、私に向き合おうとしてくれた。あなたのおかげです」

今度はすんなりと心に伝わった。ルイーゼは素直に喜び微笑む。

「怖れたところで、何かが変わるわけではない。私は己の力と向き合うことにしました。……ルイーゼ。あなたとも」

ライナルトの指に力がこもった。

「わたくし……？」

「もう死は願いません。そして生きるならば、あなたとともに生きたい。私とこれからも夫婦でいてくれますか？」

ルイーゼの目をまっすぐに見て真摯な声で問いかけるライナルトに、迷うことなく即座に頷いた。

「もちろんです。わたくしもライナルト様の妻として、あなたの傍で生きていきたいです」

「ありがとう、ルイーゼ」

楔《くさび》から解放されたようなライナルトの微笑みに思わず見惚れていると、彼の綺麗な顔が近づいてくる。ルイーゼが口づけの予感に目を閉じると、唇に柔らかなものが重なった。

触れ合いは一瞬で、物足りない気持ちになる。目を開けると、空色の眼差しがルイーゼを見つめていた。

「あなたにもっと触れたい」

囁くように言われ、ルイーゼの頬に熱が集まる。

「どうぞ……もっと触れてくださいませ」

もっと触れたいというのは、交合したいという同意だろう。

照れながら答えるとライナルトに抱き上げられ、寝台の上へと運ばれた。

「あ、ですが、ひと月後はもっと先です」

ルイーゼは夫婦の営みをしてから、まだひと月経っていないことを思い出した。

「嫌ですか？」

ひと月に一度という期間を設けようと提案したのはライナルトである。

「わたくしは、毎日でもかまいません」

「本当に？　毎日してしまいますよ」

ライナルトがどこか意地の悪い笑みを浮かべて言う。

「望むところです！」

ルイーゼが受けて立つと、ライナルトは一瞬驚いた顔をし、再び唇を重ねてきた。

お互いに衣服を脱がせ合い、生まれたままの姿で向き合う。

「そういえば……焼き鏝の痕は、まだ残っていらっしゃるのですか？　確か、聖人の痣は腰にあったと伝えられていますが」

逞しいライナルトの裸体を正面から見るのは気恥ずかしく、目を逸らしながらルイーゼは訊ねた。

「たぶん残っています」

自分の傷痕なのに、曖昧な答えが返ってきてルイーゼは首を傾げる。

「腰と言っても背中側にあるので、自分では見えないのです。だから幼い頃は、痣があるのを知りませんでした」

わざわざ鏡で確かめたいとも思わなかったので……ライナルトはそう言って、身体を捩って背を向けた。

腰の左側、臀部《でんぶ》に近い位置に、皮膚が縒れ変色している箇所があった。

ルイーゼは人差し指で、そこに触れる。

「触ると、痛いですか？」

「十八年前の傷です。痛くはありませんよ。……母は私を教会に渡したくなくて、聖人の証である痣を焼き鏝で隠そうとしたのでしょう」

「方法はどうであれ……お母様の愛情の証なのですね」

我が子の肌に傷をつけるなど、どのような理由があれども間違っている。

けれど、子どもと離れずにすむ方法がそれしかないと思い込んでいたならば――ルイーゼもどんなに辛くても我が子を傷つけるかもしれない。

たとえそれが正しくない行為であっても。

「ここに三つ葉の痣があったのですね」

ルイーゼは彼の白い肌を彩っていただろう痣を思い浮かべながら、指で火傷の痕をなぞる。ライナルトの手が、ルイーゼの指を取った。

「……ライナルト様？」

やはり痛かったのだろうか。それとも触られるのは嫌だったのか。

ルイーゼは彼の顔を窺う。ライナルトは何かもの言いたげにルイーゼを見つめたが、結局言葉にはせず、ルイーゼに覆い被さってきた。

かたちのよい唇がルイーゼの唇に落ちてくる。

滑らかな肌が、自身の肌に密着した。

その温かな感触に胸を高鳴らせながら、ルイーゼはライナルトの首に手を回し、口づけを受け止めた。

口づけも肌を触れ合わせるのも初めてではない。けれど、ライナルトが自分を受け入れてくれたからだろうか、それとも彼の触れ方が今までとは少し違うからだろうか、充足感のような穏やかで優しい悦びで、身体の奥がじんわりと熱くなっていく。

「んっ……」

ライナルトは舌先でルイーゼの耳殻《じかく》を舐《な》め、耳朶《じだ》を食《は》んでくる。くすぐったさにルイーゼは首を竦めた。

今まで意識すらしたことのなかった耳朶の刺激で、耳奥がじんと甘く痺れた。

「耳……だめです」

ライナルトの肩を摑み引き剝がそうとすると、歯を軽く立てられた。

「あっ……だめ」

「だめですか？」

ふふっとライナルトが耳の傍で笑う。ささやかな息ですら、身体が悦びを拾った。

耳裏を這っていた唇が、首元、鎖骨、そして乳房へと這っていく。

ルイーゼの胸の先は、期待するように、つんと尖ってライナルトの唇を待っていた。

「んっ……ふっ」

耳朶を食まれたときと同じ疼きが、今度は胸を中心に広がっていく。

「ライナルト様……わ、わたくしも触ります」

「あなたはいつも、私に触れようとなさいますね。でも今日は、私の好きなように触れさせてください」

「ですが……」

「本来なら、閨事は夫に任せるものですよ」

確かにライナルトの言うとおりだ。初夜に縛ったのは、聖力への誤解があったからで、それさえなければルイーゼも夫にすべてを任せていただろう。しかし……。

「わたくし、ライナルト様に触れるのが好きなのです。わたくしが触って、ライナルト様が気持ちよさそうにしていると……嬉しくて」

もっとたくさん。

いろいろなことをしたくなるのだ。

「わたくしのほうが精力旺盛なのかもしれません」

「なら……どちらが精力旺盛か、比べてみますか？」

比べる方法があるのだろうか。

疑問に思いながらも、あるのなら試しみたい好奇心もあった。

ルイーゼが頷くと、ライナルトが意味深に笑む。なんだか嫌な予感がして「やめます」と言いかけたが、それを封じるように口づけられてしまう。胸を愛撫されながらの口づけに酔いしれているうちに、身体の位置が入れ替わっていた。

そして……目の前にライナルトの昂りがあるのに気づき、ルイーゼは我に返る。

「ラ、ライナルト様……ひゃっ」

狼狽えて彼の名を呼ぶと同時に脚を開かされ、秘められた場所に刺激が走った。熱がこもっているせいもあり、空気が触れ冷たさを感じた。空気が触れるということは、露わになっているということで――ルイーゼは己のそこが、ライナルトの視線に晒されていると気づき慌てる。

「み、見ないでください！」

「薄暗いので、あまり見えませんよ」

寝台の傍には燭台がある。薄らとした灯で、ルイーゼの目にはライナルトの男の象徴が見えているというのに、ライナルトからは見えないというわけがない。

「ああ、もうこんなに濡れていますす。これだけ濡れていたら、潤滑剤はいりませんね」

脚を閉じようとするけれども腕で押さえられ、もぞもぞと腰を動かすくらいしかできない。ふいに敏感な部分にねとりとした何かが触れた。

「ひゃっ！　ラ……ライナルト様っ……何をなさって……ひゃあぅっ……」

指とは違う感触に狼狽していると、ぬとぬとしたものがそこを這い始める。

鮮烈な悦びがそこから生まれる。己の女の部分が戦慄き、蜜を吐き出すのが自分でもわかった。ルイーゼは与えられる甘い刺激に嬌声《きょうせい》を上げた。

「だめっ……だめです……ああっ」

「んっ……ここが、ぷっくり膨らんでいます……」

ライナルトの掠れた言葉のあと、ぢゅっと啜《すす》るような音がした。

「んっ……あっ」

「……ルイーゼ、あなたも……舐めるのが無理なら、触るだけでいいですよ」

(舐める……ライナルト様はわたくしのそこを舐めていらっしゃる……)

下半身が蕩けそうな快楽は、ライナルトの舌のせいなのか。

そんな場所を舐めるなんていけない、間違っていると思うのに、排泄器官でもあるその部分をライナルトに晒し舐《ねぶ》られていると思うと、さらにそこが熱く疼いた。

ルイーゼは涙目になりながら、ライナルトの雄茎に手を伸ばした。

閨事はひと通り学んだつもりだ。

前戯の中に口淫と呼ばれるものがあるのも知っていた。

しかしお互いに口淫する……このような体位があるとは知らなかった。

どちらが精力旺盛かどうか、この体位で比較できるのかはわからないが、互いに性器を愛撫できる効率のよい格好ではある。

(恥ずかしい……けれど)

ライナルトの舌がそこで蠢くたびに、甘やかな欲望がこみ上げてくる。

ルイーゼもライナルトに、快楽を返したかった。

頭を浮かせ、それに唇を寄せる。

舌を突き出し舐めてみるが、そこはなんの味もしなかった。

「んっ……ん、んっ……」

ぺろぺろと動かす舌を、張り出した先端部へと移動させた。

彼の男性器を見るのは初めてではない。けれど何度見ても、ライナルトの美しい容貌に、この雄々しく淫猥な男性器がついているのは、不思議な気がする。

先端部のくぼみに小さなしずくが浮いていて、ルイーゼはそこに唇を当てがい、ちゅっと吸った。

「っ……！」

ライナルトの太ももに力が入ったのがわかる。

（感じてくださったのだろうか……）

ならばもっとと、さらに吸いつきかけると、がばりとライナルトが半身を起こした。

「……あ」

ルイーゼは玩具を取り上げられた幼子のような眼差しで、手と唇から離れていく雄茎を目で追った。

「私の負けです」

ライナルトが眉間に皺を寄せて言う。怒っているというより苦しげな表情だった。

「……どちらが精力旺盛か……のお話ですか？」

どこで勝ち負けが決まったのか、ルイーゼにはいまいちよくわからない。

「私のほうが精力旺盛だからこそ、負けた気がします」

「……はあ」

やはり意味がわからない。首を傾げると、ライナルトが覆い被さってくる。

挿入の予感がしたので、ルイーゼは彼を受け入れるために脚を開いた。潤滑剤を塗っていないが、そこは恥ずかしいくらい濡れそぼっているので必要ないはずだ。

先ほど口づけしたライナルトの先端が、蕩けて蜜をこぼす場所に宛てがわれた。

ぐっと、みっちりとした肉を割り、硬いものが入り込んでくる。

「あっ……んんっ」

大きく熱いものがルイーゼの中を穿《うが》つ。身体の中を埋められていく苦しみと、満たされていく充足感にルイーゼの眦《まなじり》に涙が滲んだ。

自分の奥深くにライナルトがいる。それが嬉しく、特別なことのように感じた。

「ライナルト様」

ルイーゼが名を呼ぶとライナルトは切なげに眉を寄せながら唇を重ねてくる。そして、ゆっくりとライナルトの腰が前後に律動し始めた。

身体の中にある硬いもので蜜壁を擦られるたびに、じゅぐじゅくと淫音がなる。

その音は潤滑剤を使ったいつもの交合よりも、淫らに聞こえた。

（気持ちいい……）

ひとつ突かれるごとに、身体の奥がぎゅうっとうねりライナルトに絡みつく。大きさと硬さ、熱さをありありと感じた蜜壁が戦慄いた。

「んっ……あっ、あ」

苦しさはもうない。

熱くなったそこがヒクリヒクリと蠢き、太ももがガクガクと痙攣《けいれん》した。

「だめっ……あっあっ」

硬い先端がトツンと奥を小突くと、じわりとそこから痺れが広がる。

甘い痺れが身体中に広がっていき、ルイーゼは背を反らせ悦びに身を震わせた。

初めての法悦に、震えはしばらくの間、止まらなかった。

「……ルイーゼ」

「あっ、だめ……もう、あっ」

「もう少しだけ付き合ってください」

ルイーゼの震えが治まるのと同時に、身体の中にあるライナルトが再び抽挿《ちゅうそう》を始めた。

「っ……はっ、ルイーゼっ……ルイーゼ」

荒々しい息の合間に、ルイーゼの名を呼ぶ。

見上げると、ライナルトの髪は乱れ、その空色の瞳は情欲で濡れていた。

ゆるく開いた唇の端は涎《よだれ》で濡れている。清廉な彼からは、想像もつかないほど淫らで妖しい表情に、ルイーゼは愉悦《ゆえつ》を覚えた。

——罪があるのだとしたら……。

誰よりも清らかで、美しい人。

一片の穢れもない、神のごとく尊いこの人を、普通のどこにでもいる、欲に溺《おぼ》れた一人の男にさせる――今この瞬間こそが罪なのではないだろうかと、ルイーゼは思う。

ライナルトはすでにスサネ教の儀式によって還俗しているというのに、ルイーゼは自分の身体で、彼を還俗させているような気さえしていた。

ルイーゼは悦びに震えながら、彼を抱きしめ、その欲望を受け止めた。


この日以来、二人の関係は少しずつではあるが、変わっていった。

ひと月に一度と約束していた交合は、頻繁に行われるようになった。ルイーゼが拒まなければ、連日続けてのときもあり、もしかして本当に『精力絶倫』なのではという疑いが生まれつつある。

以前のライナルトは『早漏』でいてくれたのだが、ルイーゼが交合に慣れたからだろうか。例の『抱き潰される』という現象も体験した。

そして交合しないときも、夫婦の寝台で抱き合って眠る――。

おそらく、これが『アツアツのいちゃいちゃ』状態なのだろうとルイーゼは思う。

「ルイーゼ、愛しています」

以前のライナルトでは信じられない、甘い言葉を口にされるようになった。

彼からの愛の告白に、はにかみながらルイーゼは答える。

「わたくしも、敬愛しております」

「……敬愛……。敬愛というのは、私が元聖王で、敬っているということですか？」

どこか不満げにライナルトが呟く。

夫婦になってまだ半年ほど。聖王であるライナルトを敬愛していた期間はそれよりも長いので、どうしても言葉にするときは『愛する気持ち』だけではなく『敬う気持ち』も含めてしまう。

「ライナルト様はわたくしの夫ですから。誰よりもお慕いしております」

ルイーゼはそう伝え直したが、ライナルトは悲しげな表情を浮かべ拗ねた口調で言う。

「夫でなければ慕ってはもらえないということですか？　……私はあなたにとって、政略で結婚した夫ですから」

「始まりは政略結婚でしたが、今は愛し合う夫婦です」

ルイーゼはそう言いながら、彼の唇に自らの唇をそっと重ねた。

拗ねたときは、口づけをすれば機嫌がよくなる。

それに気づいたのは、いつ頃だっただろう。

空色の瞳が甘やかに見つめてきて、ライナルトは数ヶ月前までは想像もできなかった言葉を発した。

「私のことを愛してくださっているのですね。どれくらい愛してくださっているのでしょうか。あなたの愛がどれだけあるのか知りたいので、私への愛の分だけ口づけをしてください」

（……いちゃいちゃの、アツアツなのだけれど……）

ときどきつれなかったライナルトが懐かしくなる。

ほんの少しだけではあるが、鬱陶しく思う瞬間があるのは内緒である。

鬱陶しく思っているそぶりを見せれば、きっと盛大に拗ねるだろうから。

人前では清廉で完璧な夫が自分の前でだけ見せる態度に苦笑しながら、ルイーゼは再びライナルトに口づけをした。

そして……まだたりないとしつこく口づけを強請られ、今度は自分の番ですと熱烈な口づけをたくさんされてしまい、寝台に運ばれ――ルイーゼは抱き潰された。

終章

ライナルトがヴェルマーに襲われてから三ヶ月が経過していた。

難行していたホーファたちの取り調べも進み、先日ようやく彼らに手を貸していた者たちが捕らえられた。手を貸していたのは商人で、枢機卿の支援をしていたのだという。その商人の手の者は看守の中にもいて、ホーファの脱獄にも協力していた。

商人はヴェルマーとも関わりがあり、彼経由で得たライナルトの情報をホーファに与えていたらしい。

あわよくば殺害できれば……という、極めて杜撰《ずさん》で無謀な計画を推し進めたのは、商人がフィルア帝国での事業に失敗し国外逃亡をする予定だったからのようだ。

捜査が進み商人の存在が明らかになったときには、すでに隣国へ逃亡していた。そのため商人の身柄引き渡しを隣国と交渉し、捕らえるまでに二ヶ月の時間を要した。

ヴェルマーとホーファは、その間に処罰された。

ホーファは最期までライナルトへの恨み言を口にしていたという。

ヴェルマーは、ライナルトに秘密を漏らしたヘンケルに対して愚痴をこぼしていたようだ。小心者ゆえに口を割らないと、ヘンケルを侮《あなど》っていたのだろう。それ以外はただ静かに己の罪を受け入れていたと伝え聞いた。

(――なぜ彼は、あのような危険な真似をしたのだろう)

ようやく手に入れた地位を守りたいという保身の気持ちがヴェルマーにあったのならば、ライナルトへのつまらない嫉妬心など無視すればよかったのだ。

自分は疑われないという確固たる自信と奢《おご》りがあったのか。

(それとも……)

ライナルトの記憶が断片的に戻っているのを知り、真実が明らかになるのを恐れたのかもしれない。事故とはいえライナルトの母を殺害したこと、長年枢機卿とともに騙していたことは、彼にとって隠し通さねばならない罪だったはずだ。

そして……自分の顔半分を醜く焼いたライナルトへの憎しみも、少なからずあったようにも思う。

呪われた忌まわしい力を持つライナルトが、信徒たちに慕われたまま、妻を持ち、王族として暮らしていく――それが不愉快だったのかもしれない。

ヴェルマーの気持ちは想像することしかできないが。

――普通の、幸せで満ちたりた家庭を築く資格などない。

彼が放った言葉を思い出し、ライナルトは薄く嗤った。

その日、ライナルトは皇帝の私室に招かれていた。皇帝と対面するのはずいぶんと久しぶりだ。テーブルを挟み、彼の向かい側にある長椅子に座った。

「ルイーゼは壮健か」

「ええ。元気にしております。本日はお話があると伺いましたが……教会の件でしょうか？」

ライナルトが話を振ると、皇帝は僅かに渋い表情になった。

皇帝が人払いしてまで、ライナルトと二人きりで話したい用件など限られている。

「教会はさほど混乱がないようだな」

スサネ教の威信は、度重なる不祥事で失墜している。教会が持つ大きな影響力は厄介だが、深く民に根付いた信仰対象が揺らぐのは国としても困るのだろう。国もずいぶんとスサネ教に支援をしていた。

ライナルトも教会に再び頻繁に赴き、いろいろと手伝いをしている。表立っては動けないが、不安げな聖職者たちを励まし、ときには信徒に声をかけ、教会を支えていた。

もちろん皇帝の許しを得てはいたが、ヴェルマーを断じたあとだけに何か思惑があるのではとライナルトを危険視する者もいると聞く。いや……今一番ライナルトを危険視しているのは、きっと皇帝だろう。

「もうすぐ新たな教会の代表が決まります。それが終わりましたら、私の手伝いは必要なくなるでしょう。教会とは距離を置くつもりです」

スサネ教ではしばらく大司祭の席は空けたままとし、司祭の中から代表をみなで選んで決め、協力しながら教会の運営をしていく予定だ。

ライナルトの存在はよくも悪くも目立つ。皇族の一員として参加せねばならぬときもあるだろうが、私的には集団礼拝も今後は遠慮するつもりだ。

しかし、ライナルトの返答に皇帝の渋い表情は変わらないままだった。しばらく沈黙したあと、重い口を開いた。

「そなたを……聖職者に戻すべきだという声が上がっている」

「……どういうことです？」

皇帝の言葉に、ライナルトも眉を顰めた。あまりよい話ではなさそうだ。

「聖都タラの自治権は戻すことはできないが、そなたを聖王としてではなく、スサネ教の大司祭として据えるべきだとの意見が多くあるのだ」

ライナルトは沈黙する。

皇帝曰《いわ》く、司祭たちからだけでなく大臣や貴族たちからも、ライナルトを大司祭に推す声があるらしい。

枢機卿が処罰され、ライナルトが還俗して以来、国が荒れ始めているのだという。フィルア帝国はスサネ教とともに発展してきた国だ。民の信仰心が薄くなることで、皇帝の求心力も低下し、民心が離れてしまうのではないかと不安視している者がいるらしい。

「還俗させられ婚姻もしたというのに理不尽な仕打ちだと思うだろうが、これはスサネ教の聖職者、そして信徒たちのためでもあるのだ」

ヴェルマーの助命嘆願と引き換えとはいえ、還俗と婚姻はライナルトも納得し受け入れたことだ。再び、己の存在が求められている現状も特に理不尽だとは思わない。

枢機卿の件、またヴェルマーの件も、ライナルトに咎が少なからずあるからだ。

ただ——。

「ルイーゼとは離縁してもらう。あれは聡《さと》い子だ。そなたに縋りはしないだろう」

ライナルトの妻は、確かに聡い。己の立場も理解している。きっと皇帝が命じれば、反抗ひとつせずライナルトとの別れを選ぶだろう。

「彼女にその話をされましたか？」

「いや、まだだ」

ライナルトは安堵した。この話をルイーゼが先に聞いていたら、心優しく少々早とちりなところがある彼女は、ライナルトが心痛めたりしないように、皇帝の命だと明かさず、身を引いていたかもしれない。

その行為が、何よりもライナルトを傷つけるとは気づかずに――。

「お断りします」

ライナルトは皇帝を見据え、薄く笑みながらはっきりと拒否の意思を口にした。

「ルイーゼとは離縁しません」

皇帝はぴくりと眉を動かし、不可解そうな表情を見せる。

「なぜだ？」

「なぜ……？」

ライナルトは首を傾げた。

「そなたは聖職者に戻れるのだ。ルイーゼも……そなたと離縁したあとは、それなりの地位を持つ者と再婚させる。すぐに次の幸せを見つけることだろう」

もしかしたら皇帝は後悔をしているのかもしれない。政治的判断であったとはいえ、皇后の面影を強く残している愛しい娘、皇帝の掌中の珠だと言われていた第四皇女ルイーゼを手放したことを。

聖人の再来といわれるライナルトの妻でいる限り、ルイーゼは危険に晒される。政治的側面から見れば、ライナルトは常に危険視される立場にあるのだ。

ライナルトとてルイーゼを危険な目に遭わせたくはない。彼女のためを思えば、離縁するのが正解なのだろう。

しかし――。

「もう一度言います。私はルイーゼと離縁はしません。彼女を私に与えたのは、皇帝陛下あなたご自身なのに。今になって、私から取り上げようとなさるなど、それこそ理不尽だと思いませんか」

ライナルトはにこやかに微笑む。

「再び聖職者として、教会に戻るつもりはありません。もちろん、ルイーゼを手放すつもりもない」

ルイーゼは自分とともにあるべきで、それこそが彼女の幸せなのだ。

彼女に次の幸せを用意する必要などない。

自分以外の男が彼女の傍にいるなど、許せるはずがなかった。

「そなたは……」

皇帝は気圧《けお》されたような顔で、ライナルトを見据えた。

彼女と同じ黒い瞳に、ライナルトが映っている。

「皇帝の命に背くというのか」

「私に離縁を命じられるのですか？　いえ、陛下は私に命じたりなさいません。きっと臣下や皇族の方々を説得してくださるはずです。そうでしょう？」

ライナルトは長椅子から腰を上げると、微笑みながら皇帝の傍で膝をつく。

「ルイーゼの父である陛下に協力を乞われるなら、私は皇族としてでも、聖人の再来としてでも、お手伝いいたしましょう。善き傀儡として、この国とあなたに仕えるのも厭《いと》わない――けれど」

そっと手を伸ばし、皇帝の袖口に触れた。

「離縁などという愚かな発言は、二度となさらないほうがよろしいでしょう」

「……ッ」

ライナルトの冷ややかな低い声音に、皇帝はびくりと肩を震わせた。

「彼女が私の傍にいる限り、あなたに刃向かうことはないと約束します。陛下……いえ義父上」

ライナルトはゆっくりと指を放す。皇帝の袖口の一部が焼《や》け焦《こ》げたように欠けていた。

それに気づいた皇帝は、ひゅっと音を立てて息を呑む。顔色は真っ青で、双眸には畏怖の色があった。

（てっきり聖力のことを知っていると思っていたが……）

もしかすると皇帝もルイーゼと同じように、聖人の持っていた力はただの伝承で、聖人の再来も優れた聖職者に与えられる称号だと認識していたのかもしれない。

（いや、この怯え方は知っているからこそか……）

震えながら立ち上がった皇帝は、ライナルトにスサネ教の最高位に対する礼の姿勢をとっていた。

ライナルトは静かに立ち上がり、礼をとる皇帝を残して部屋を辞す。

（下手《したて》に出ててもよかったが……）

侮られて、好き勝手されても困る。

あの様子ならば、きっとライナルトのお願いに耳を貸してくれることだろう。

こちらの意思を尊重してくれる関係を築けそうだ。

しかし……逆に怖れるあまり、ライナルトを排除したいと考える可能性もあるかもしれない。もちろんライナルトとて、そのときはされるがままでいるつもりはないが。

廊下で待っていた衛兵を連れて皇宮を出て、馬車に乗る。

離縁の話をされたせいで、胸の奥がささくれ立っている。心を落ち着けるためにも、愛しい妻の顔が早く見たかった。

馬車の車輪がカタカタと軽快な音を響かせる。

ライナルトはその音に耳を傾けながら、この三ヶ月間の出来事に思いを馳せた。

十八年前の真実を知り、ライナルトは己の聖力との付き合い方を変えた。

感情を抑制し聖力を封じようとするのをやめて、聖力を上手く扱えるように訓練を始めた。わけのわからない力に怯えるのではなく、使いこなしたほうが自分のため、ルイーゼを守る力になると考えたのだ。

考え方を変えると、意外なほどにすんなりと聖力を制御できるようになり、心が楽になった。あれほど怖れていた力だというのに、自分が願っただけで物を破壊できることに戸惑いがなくなった。

訓練しているのは秘密にしているので、物を壊した破片が出る言い訳を考えるのが少し面倒ではあるが。

何度か試すうちに、力を制御できずに誰かを傷つけたり、ましてや殺人を犯すような羽目にはならないだろうというのもわかった。――それこそ感情の箍《たが》が外れるほど怒り狂うようなことが起きない限りは。

屋敷に着き、馬車を降りる。

庭に目を向けると、木陰にある椅子に座っているルイーゼの姿が見えた。

ライナルトが近づいても、彼女は瞼を閉じたままだった。どうやら眠っているらしい。

結婚したばかりの頃、木陰で眠ってしまった彼女は日焼けをして肌を赤くさせていた。日焼けの薬を塗ってあげたのも、彼女との懐かしい思い出のひとつになっている。

微笑ましい気持ちになりながら、彼女の傍に跪《ひざまず》く。

ひと月ほど前。

ライナルトはヴェルマーの私室を片付けている最中に、一冊の本を見つけた。

歴史書……というよりは記録だろうか。スサネ教の代々の最高位の聖職者の名や、活動について記されていた。

聖人についての記述もあった。

しかしそれは、人々に知られている伝承とは異なっていた。

聖人は聖力で多くの人々を救ったと伝えられているが、この記録には聖力によって多くの者が裁かれたと書かれていたのだ。

裁くという言葉が気になり、ライナルトは大聖堂で古い文献を探し、聖人について詳しく調べた。そうして、高位聖職者以外の閲覧は禁止されている文献の中で、ひとつの逸話を見つけたのである。それには、聖職者としての聖人ではなく、一人の男性としての聖人の話が書かれていた。

聖人には愛しく思う女性がいたという。

その女性も聖人を愛しく思い、愛を交わして子を孕《はら》んだ。

しかし、聖人を教会の最高位に据えたかった信徒たちにとって、その女性は邪魔でしかなかった。彼らは女性を聖人から引き離し、胎の中にいた子ごと、生きたまま焼き殺す暴挙に出た。

愛しい女性と我が子を失った聖人は怒り狂い、愚かな真似をした信徒たちを聖力で皆殺しにした――。

昔の話だ。

どこまでが真実なのかはわからない。

自分の過去の記憶に聖人の記憶らしきものが混入していたこともあったが、今は己の過去の記憶すら思い出さなくなっていた。

だが、彼の気持ちは我がことのように理解できる。

（……もし愚かな者がルイーゼに害をなしたなら、きっと私も同じことをするだろう）

ルイーゼの寝顔を眺めていると、長い睫が瞬き、瞼が開いた。

黒い瞳には、自身の姿が映っている。

ただそれだけで、ライナルトは幸福な気持ちになる。

「……ライナルト様？」

「こんなところで寝てしまうと、日に焼けてしまいますよ」

彼女の滑らかな頬を指の背で撫でた。ルイーゼは気持ちよさげに笑む。

「陽射しが気持ちよくてつい……お早いのですね」

「ええ。用も終わりましたので。今日はこのまま屋敷で過ごします」

「よかったです」

「よかった？」

「ええ……このところ忙しそうになさっていたから。お疲れでしょう？　ゆっくり休んでくださいませ」

「……私と過ごせるのを喜んではくださらないのですか？」

つい拗ねた言葉を口にしてしまう。ルイーゼが自分の身体を心配してくれるのは嬉しいが、常に一緒にいたいのは自分だけなのかと寂しくなる。

「ライナルト様と一緒に過ごせるのは、もちろん嬉しいです」

彼女は困ったように笑って、頬に触れるライナルトの手を握った。

愛おしい妻の温もりに、ライナルトは口元を緩ませた。

抱きしめて身体に触れたい思いが湧いてくる。まだ陽が落ちるまで時間があるのに、寝室にこもりたくなってしまう。

愛情は、ただ綺麗で純粋なものだと思っていた。

しかし光があれば影ができるように、愛しい人への想いは美しいばかりではなかった。

甘やかで昏《くら》い欲望。

満たされた喜びや幸せで温かな感情と、嫉妬や執着、喪失の恐怖や不安。

そして――。

ルイーゼの傍に少しでも長くいるためならば、どんな禁忌も厭わないだろうという確信。

(聖力で誰かを傷つけるのが怖くて、死を望んでいたというのに……)

彼女と婚姻するまでは、自分にこのような感情があるなど知らなかった。

自分の変化が恐ろしくもあるが、欠けていた心が埋まっていくような充実感もある。

——ここに三つ葉の痣があったのですね。

真実が明らかになった夜、ライナルトの火傷の痕を見て、ルイーゼはそう言った。

聖人の証の痣が〝三つ葉〟のかたちをしていることを知っているのは、スサネ教の高位聖職者のみ。当然、一般信徒には教えられていない。

なのに、なぜルイーゼが知っていたのか——。

ふいに自分のものではない過去の記憶が蘇りそうになるが、ライナルトは強い意志でそれを意識の奥深い底に押しやった。

彼女が知っている理由がわかったところで、何も変わりはしない。

「愛していますよ、ルイーゼ」

それだけが確かな、変わらない事実なのだから。

あとがき

はじめまして。イチニと申します。

このたびは拙作《せっさく》をお手にとっていただき、ありがとうございます。

物語はトラウマ持ちの聖職者ヒーローが政略結婚で皇女ヒロインと夫婦になり……というところから始まります。一応、すれ違いと身体から始まる恋愛話になるのでしょうか。真面目な夫婦が、誤解を経《へ》てどのようになっていくのか、楽しんでいただけたらなぁと思っています。

あと補足としまして、ヒーローの敬称を「聖下」するか迷ったのですが「猊下《げいか》」にしております。

裏話というか、創作秘話的な話を少し。

実は最初に担当様から「コメディを」と提案され、ものすごく悩みました。ソーニャ文庫様と言えば、私の中ではがっつり濃い歪んだ恋でして、自分に歪んだ執着コメディが書けるのか……深く考えすぎてしまいかなり迷走してしまいました。（迷走したあげく出したプロットがいろいろアレで、担当様から下品なのはＮＧですと言われたのも懐かしい思い出です。いえ、反省しています）

そして試行錯誤したすえ、このようなかたちに落ち着きました。コメディによりシリアスが救われる。そんなお話になったんじゃないかと自分的には満足しています。

お読みいただいた方にも満足していただけたら嬉しいです。

イラストは森原八鹿《もりはらようか》先生に描いていただきました！

見つめ合う二人のカバーイラストはもちろんのこと、挿絵もどれも美麗で色っぽくて、眼福でした。お忙しい中、ありがとうございました。

未熟な私を導いてくださった担当様をはじめ、執筆の機会をくださった出版社様、この本の制作販売に関わってくださった皆様にお礼を申し上げます。

そして今お読みいただいているあなたに心より感謝を。

ありがとうございました。

またどこかでお会いできますように。

Sonya
ソーニャ文庫

この本を読んでのご意見・ご感想をお待ちしております。

◆ あて先 ◆

〒101-0051
東京都千代田区神田神保町2-4-7 久月神田ビル
㈱イースト・プレス　ソーニャ文庫編集部
イチニ先生／森原八鹿先生

聖王猊下《せいおうげいか》の箱入《はこい》り花嫁《はなよめ》

2021年9月7日　第1刷発行

著　　者　イチニ
イラスト　森原八鹿《もりはらようか》
装　　丁　imagejack.inc
発 行 人　永田和泉
発 行 所　株式会社イースト・プレス
〒101－0051
東京都千代田区神田神保町2－4－7 久月神田ビル
TEL 03－5213－4700　　FAX 03－5213－4701
印 刷 所　中央精版印刷株式会社

ISBN 978-4-7816-9706-2
定価はカバーに表示してあります。

Sonya ソーニャ文庫の本

『裏切りの騎士と呪われた皇女』 戸瀬つぐみ

イラスト 幸村佳苗

Sonya ソーニャ文庫の本

どれだけ僕を嫌い憎んでも君の全てを手に入れる

神殿の下働きのユスティネは、王太子の座を追われ聖職者となったレオリウスの世話係に突然任命された。最初は臆していたものの、聡明で穏やかな人柄に触れ心惹かれるようになっていた。だが、あることをきっかけに変貌した彼に強引に純潔を奪われてしまい……!?

『堕ちた聖職者は花を手折る』 山野辺りり

イラスト 白崎小夜